T0245801

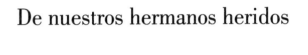

De nuestros hermanos heridos

Joseph Andras

De nuestros hermanos heridos

Traducción de Álex Gibert

EDITORIAL ANAGRAMA
BARCELONA

Título de la edición original:
De nos frères blessés
© Actes Sud
  Arlés, 2016

Ilustración: Eva Mutter a partir de una fotografía de Fernand Iveton
tras su arresto en noviembre de 1956

Primera edición: *abril 2024*

Diseño de la colección: Julio Vivas y Estudio A

© De la traducción, Álex Gibert, 2024

© EDITORIAL ANAGRAMA, S.A., 2024
  Pau Claris, 172
  08037 Barcelona

ISBN: 978-84-339-2408-7
Depósito legal: B. 1193-2024

Printed in Spain

Romanyà Valls, S.A.
Verdaguer, 1, 08786 Capellades (Barcelona)

Iveton sigue siendo un nombre maldito. [...] Cabe preguntarse cómo pudo Mitterrand aceptar algo así. Las dos o tres veces que pronuncié el nombre [de Iveton] en su presencia, vi que le provocaba un terrible malestar, que se sublimaba en eructos. [...] Chocamos aquí con la razón de Estado.

B. STORA y F. MALYE,
François Mitterrand et la guerre d'Algérie

No esta lluvia orgullosa y franca, no. Una lluvia mezquina. Una pizca de lluvia desganada. Fernand espera a dos o tres metros del firme de la carretera, resguardado bajo un cedro. A la una y media de la tarde, le habían dicho. Faltan cuatro minutos. Era a la una y media, seguro. Insoportable, esta lluvia furtiva, sin la bravura de un buen chaparrón, de un aguacero de verdad, lo justo para mojarle a uno la nunca con un par de gotas roñosas y salirse con la suya. Tres minutos. Fernand no aparta la mirada del reloj. Se acerca un coche. ¿Será ese? Pasa de largo sin detenerse. Cuatro minutos de retraso. Esperemos que no haya pasado nada. Otro coche, allá a lo lejos. Un Panhard azul, con matrícula de Orán. Se ha parado en el arcén. Es un modelo antiguo, con la rejilla del radiador descuajaringada. Jacqueline ha venido sola; al apearse mira en derredor, a izquierda y a derecha y a izquierda otra vez. Toma, los papeles, ahí está toda la información, Taleb lo tiene todo planeado, no te preocupes. Dos folios, uno por bomba, con instrucciones precisas. «Entre las 19.25 y las 19.30. Retardo del temporizador: 5 minutos...» «Entre las 19.23 y las 19.30. Retardo del temporizador: 7 minutos...» Fernand no se preocupa: ella está ahí, a su lado, eso es lo único que importa. Se guarda los papeles en el bolsillo derecho del mono. La primera vez que vio a Jacqueline, en casa de un camarada, hablando todos en voz baja y con poca luz, la tomó por árabe. Morena sí que lo era, morenísima, y tenía la nariz aguileña y los labios carnosos, sí, pero no era árabe... Y esos párpados entornados sobre unos ojos grandes y oscuros, francos y risueños, como dos frutos negros levemente ojerosos. Una bella mujer, sin duda. Jacqueline saca del maletero dos cajas de zapatos de hombre, de los números 42 y 44, según indica en los laterales. ¿Dos? No, imposible. Pensaba llevarla en esta bolsa, mira, es muy pequeña para meter más de una bomba. Y el capataz no me quita el ojo de encima, si entro con otra bolsa le va a escamar. De verdad, créeme. Fernand se lleva una de las cajas al oído: menudo escándalo, oye, tictac tictac tictac, ¿estás segura de que...? Taleb ha hecho lo que ha podido, pero tú tranquilo, que todo irá bien, responde Jacqueline. Vale. Sube, que te acerco un poco. Vaya un nombre el de este sitio, ¿no? De algo habrá que hablar, se dice Fernand, que prefiere hablar de cualquier cosa salvo de eso, mientras esté todo por hacer. El barranco de la Mujer Salvaje. ¿Conoces la leyenda?, pregunta Jacqueline. Creo que no. Si la conocía, la he olvidado... Fue algo que sucedió el siglo pasado, lo que ha llovido desde entonces, dicen que una mujer perdió a sus dos hijos en el bosque de allá arriba, los perdió después de comer, después de hacer un pícnic, en primavera, con el mantelito en la hierba, ya te imaginas la postal, y los dos pobres críos desaparecieron en el barranco, nadie pudo dar con ellos, y la madre se volvió loca de atar, no quiso rendirse y se pasó el resto de su vida buscándolos, la llamaban la mujer salvaje porque parece que dejó de hablar, que solo era capaz de soltar unos chillidos de animal herido, y un buen día encontraron su cuerpo en algún lugar, ahí donde me esperabas, quizá, a saber... Fernand sonríe. Extraña historia, sí. Ella aparca. Bájate aquí, mejor que no vean el coche cerca de la planta. Buena suerte. Fernand se apea del coche y se despide con un gesto de la mano. Jacqueline se lo devuelve y pisa el acelerador. Fernand se echa al hombro la bolsa de deporte. Es de un verde pálido, con una banda más clara donde lleva el cierre de cordones. Se la ha prestado un amigo, con ella va a jugar al baloncesto los domingos. Entrar con total naturalidad. Ser anodino, perfectamente anodino. Hace ya unos días que lleva la bolsa al trabajo para que el ojo de los vigilantes se habitúe a ella. Piensa en otra cosa. La mujer salvaje del barranco, qué historia más extraña. Ahí está Mom', con su nariz pesada y firme sobre el bigote. ¿Cómo ha ido ese paseíto? Bien, necesitaba estirar un poco las piernas, esta mañana me he deslomado en el tajo. Qué va, la lluvia ni la noto, Mom', esto no es más que sirimiri, cuatro chispas que pararán en un momento, te lo digo yo... Sirimiri, sirimiri, qué bien se le da el habla popular. Mom' le da una palmadita en el hombro. Fernand piensa en la bomba que lleva en la bolsa, la bomba y su tictac. Las dos, hora de volver a las máquinas. Ya voy, dejo la bolsa y estoy contigo, Mom', sí, hasta ahora. Fernand recorre el patio con la mirada, poniendo cuidado en no volver la cabeza. Perfectamente anodino. Ningún gesto brusco. Camina despacio hacia el local en desuso que descubrió hace tres semanas. El gasómetro de la planta era inaccesible; tres garitas y alambradas. Peor que un banco en pleno centro o un palacio presidencial (y eso sin contar que antes de entrar hay que desvestirse de pies a cabeza, o casi). Imposible, vamos. Y muy peligroso, demasiado, como le dijo al camarada Hachelaf. Que no haya muertos, sobre todo que no haya muertos. Mejor ese pequeño local abandonado, por donde nunca pasa nadie. Matahar, el viejo obrero con cara de papel arrugado, color mostaza, le dio la llave sin dudarlo. Es solo para echar una cabezadita, Matahar, mañana te la devuelvo, no les digas nada a los demás, ¿vale? El viejo era un hombre de palabra, والله العظيــم, no le diré nada a nadie, Fernand, puedes dormir tranquilo. Saca la llave del bolsillo derecho, la gira en la cerradura, echa un vistazo furtivo a su espalda, nadie, entra, abre el armario, deja la bolsa de deporte en el estante del medio, cierra de nuevo la puerta, gira la llave. Luego se dirige a la puerta principal de la planta, saluda al vigilante como de costumbre y va a ocupar su puesto junto a la máquina herramienta. Ha parado de llover, ¿lo ves, Mom'? Sí, lo ve, un tiempo asqueroso de todos modos, este noviembre se viste todos los días de gris. Fernand se sienta detrás de su torno y se enfunda los guantes, desgastados en los nudillos. Un contacto, cuyo nombre ignora, lo esperará esta tarde a las siete a la salida de la planta, justo antes de que explote la bomba, y lo acompañará a un piso franco cuya dirección también ignora, salvo que se encuentra en la casba, desde el que saldrá en algún momento para unirse a la guerrilla... Al día siguiente, tal vez, o al cabo de unos días, eso no depende de él. Ahora quedarse aquí, detrás del torno, y armarse de paciencia hasta salir, como todos los días, a la misma hora que el resto de los obreros, sacarse los guantes verdes, como todos los días, echarse unas risas con los compañeros y hasta mañana, eso, que paséis una buena noche, muchachos, saludos a la familia. No levantar la menor sospecha: Hachelaf no dejaba de repetírselo. Fernand trata de reprimirse, pero piensa, de hecho no hace otra cosa que pensar, en Hélène; el cerebro, ese mocoso de kilo y medio, es un ser caprichoso. ¿Cómo reaccionará cuando se entere de que su marido se ha marchado de Argel para pasar a la clandestinidad? ¿Lo veía venir? ¿Hasta qué punto fue buena idea guardar el secreto? Los camaradas, por su parte, no tenían la menor duda. La lucha obliga a mantener la discreción en el amor. Los ideales exigen su ración de ofrendas: el combate y el azul de las flores son como el perro y el gato. Sí, valía más callar, por el bien de la operación. Son casi las cuatro de la tarde cuando oye que lo llaman a sus espaldas. Fernand se da la vuelta para responder al signo de interrogación que puntúa su nombre. La pasma. Mierda. Apenas ha pensado en huir cuando lo agarran y lo inmovilizan. Son cuatro, puede que cinco, no se le ocurre ponerse a contar. Más allá, el capataz Oriol pone cara de circunstancias; aun así, es evidente que su boquita de cabrón se esfuerza por no sonreír, por no traslucir nada, porque nunca se sabe, los comunistas son muy capaces de tomar represalias al menor indicio de delación. Llegan tres militares, soldados de primera del ejército del aire, a los que probablemente hayan llamado como apoyo. Hemos acordonado la planta y hemos buscado por todas partes, pero hasta ahora solo hemos encontrado una bomba, en una bolsa verde dentro de un armario, dice uno de ellos. Un crío. Un niñato imberbe. Un melón bajo un casco redondo. Los tres llevan ametralladoras en bandolera. Fernand no dice nada. ¿Para qué? Ha sido un fracaso estrepitoso; su lengua tiene al menos la modestia de reconocerlo. Uno de los policías le registra los bolsillos y en el derecho encuentra los dos folios con las instrucciones de Taleb. Así que hay otra bomba. Zafarrancho de cabezas de orden público. ¿Dónde está?, le preguntan. Solo hay una, es un error, la única que había ya la tenéis. El jefe ordena conducirlo de inmediato a la comisaría central de Argel. Oriol no se ha movido; sería una pena perderse el menor detalle. Fernand, esposado ya, lo fulmina con la mirada cuando pasan a su lado; esperaba algún rictus culpable, pero en su rostro no hay nada, ni un pliegue; el capataz permanece impasible, visiblemente sereno, tan seguro de sí mismo como los militares que lo escoltan. ¿Le habrá vendido él? ¿Le habrá visto entrar en el local y salir sin la bolsa? ¿O habrá sido Matahar? No, el viejo no haría algo así. No por una cabezadita, en todo caso. El furgón atraviesa la ciudad. El cielo es un perro empapado, abotargado de nubes. Invierno de estaño. Sabemos quién eres, Iveton, también nosotros tenemos nuestros papeluchos, un puto comunista, eso es lo que eres y lo sabemos, pero se te va a caer de la jeta ese orgullito, Iveton, en la comisaría vas a abrir la boca, vas a menear ese bigotito de meapilas que gastas y vas a cantar, créeme, para eso tenemos un don, siempre cumplimos, créeme que vamos a sacarle todo lo que queramos a tu sucia boca comunista, haríamos hablar a un mudo, nos cantaría una ópera con solo chascar los dedos. Fernand no responde. Con las manos sujetas a la espalda, mira fijamente el suelo del vehículo, de un gris deslucido, cubierto de manchas. Cuando te hablemos nos miras a la cara, ¿estamos? Que ya eres mayorcito, Iveton, y tendrás que responsabilizarte de tus pequeños tejemanejes, ¿me oyes? Uno de los agentes le pega una bofetada en la parte alta de la cara (no una bofetada violenta, de las que suenan, no: una bofetada sorda, más humillante que dolorosa). El boulevard Baudin, con sus arcadas. Lo suben al primer piso de la comisaría, a una habitación cuadrada, de cuatro por cuatro, sin ventanas.

La caja de zapatos está en la mesa de la cocina. No, es demasiado peligroso, no la toques, dice Jacqueline. El temporizador, incesante, para volverse loco en el sentido más estricto del término. Tic-tac tic-tac tic-tac tic-tac.

¿Estás segura?, pregunta Djilali, que en el registro civil consta como Abdelkader y al que algunos militantes llaman Lucien: resulta bastante confuso. Tic-tac tic-tac tic-tac tic-tac tic-tac. Segurísima. Vamos a ver a Jean, que en estas cosas se maneja mejor y seguramente sabrá cómo desactivarla. Tic-tac tic-tac tic-tac tic-tac. Jacqueline abre uno de los tres armarios, saca una caja de azúcar metálica, vacía su contenido y trata de introducir la bomba. Es demasiado pequeña. Djilali podría haberle dicho a ojo que no cabría.

¿Dónde está la bomba, hijo de puta? Fernand tiene los ojos vendados con un grueso jirón de tela. Su camisa yace en el suelo, sin la mayor parte de sus botones. Sangra por una de las fosas nasales. Un poli le golpea con toda su fuerza; siente un leve crujido en la mandíbula. ¿Dónde está la bomba?

Jacqueline termina de envolver el artefacto explosivo en un papel blanco y, después de arrancarle la etiqueta a la caja de azúcar, la pega con cuidado en el paquete. Para disimular, por si nos topamos con algún control. Djilali aprieta los dientes. Tic-tac tic-tac tic-tac. Jacqueline mete el paquete en una gran cesta de la compra, entre tabletas de chocolate negro y unos jaboncillos baratos.

Fernand se protege el cráneo, acurrucado sobre el linóleo. La suela de una bota choca contra su oreja derecha. Vamos a despelotarlo, a ver si así se le afloja la lengua. Dos agentes lo ponen en pie y lo agarran por los brazos mientras un tercero le desabrocha el cinturón y le baja el pantalón y los calzoncillos azul marino. Tumbadlo sobre el banco. Lo atan de pies y manos. Hay que aguantar, se dice, aguantar firme. Por Hélène, por Henri, por el país, por los camaradas. Fernand tiembla. Avergonzado de la falta de control que tiene sobre su cuerpo, su propio cuer-

15

po, que podría traicionarlo, abandonarlo, venderlo al enemigo. Lo dice bien claro en tus papeles, va a estallar en dos horas. ¿Dónde la habéis escondido?

Llaman a la puerta. La golpean con fuerza, de hecho. ¡Policía! ¡Abran! Hélène comprende en el acto que están aquí por Fernand. Si vienen a buscarlo es porque no lo han apresado. ¿Habrá huido? ¿En qué andará metido? Corre al dormitorio, coge unos cuantos papeles ocultos en la mesita de noche y los rompe en mil pedazos. ¡Policía! ¡Abran! Los golpes se vuelven más insistentes. Fernand se lo dejó bien claro: si algún día me pasa algo, destruyes todo esto sin perder un segundo, ¿entendido? Hélène corre al retrete, se deshace de los pedazos de papel y tira de la cadena. Aún flotan unos cuantos en la superficie. Vuelve a tirar.

¡La bomba, cabrón! ¡Desembucha! Le han colocado los electrodos en el cuello, a la altura de los esternocleidomastoideos. Fernand aúlla. No reconoce sus propios gritos. ¡Desembucha! La corriente eléctrica le quema las carnes. Llega a la dermis. Paramos cuando tú digas.

Djilali y Jacqueline llegan a la plaza. Unas monjas pasan junto a un viejo barbudo tocado con un turbante al que otro hombre más joven, árabe también, pero con un traje color café, ayuda a cruzar la calle, porque el anciano es lentísimo y le tiemblan todos los años en el bastón. Una cacofonía de automóviles y trolebuses, un conductor que maldice y golpea con la palma de la mano la portezuela de su coche, unos críos que juegan a la pelota bajo una palmera, una mujer ataviada con un jaique que lleva a un niño pequeño en brazos. Ninguno de los dos dice nada, pero ambos lo notan: las calles están plagadas de vehículos de las CRS, la policía antidisturbios. Tras los primeros atentados reivindicados por el FLN la ciudad está en vilo, ni que decir tiene. Nadie se atreve aún a mentarla, pero ya está aquí, sí, la guerra, por mucho que traten de disfrazarla de «sucesos» de cara a la opinión pública. A finales de septiembre, las explosiones en el Milk-Bar y La Cafétéria, en la rue Michelet, y hace un par de días en la estación de Hussein-Dey, el Monoprix de Maison-Carrée, un autobús, un tren de la línea Uchda-Orán y dos cafés en Mascara y en Bugía... Jean vive en la rue Burdeau. Djilali le susurra al oído a Jacqueline que será mejor que entre primero ella, para que él pueda cubrirle las espaldas. Mientras ella empuja la puerta con su cesta de la compra, él mira en derredor. Nada sospechoso, ningún policía.

¡Abran! Hélène se despeina y deshace la cama. Se asoma a la ventana del dormitorio conyugal y, simulando un bostezo, se disculpa con los agentes, perdonen, estaba durmiendo y no los oía. Delante de su casa hay aparcados tres Citroën Traction. Una morgue de metal reluciente. Serán una decena de hombres. ¿Qué desean?, les pregunta. ¿No lo ve? Tenemos orden de registrar su domicilio, ¡abra inmediatamente! Estoy sola, no pienso abrirles, no les conozco, ¿quién me dice que son ustedes de la policía? Hélène se dice que, si a Fernand le ha pasado algo, vale más ganar tiempo y retener aquí a la policía todo el tiempo que pueda. Uno de los agentes, visiblemente exasperado, alza la voz y le ordena que abra la puerta si no quiere que la echen abajo. ¿Qué quieren? ¿Buscan a mi marido? ¡Pero si está en el trabajo! ¡Vayan a buscarlo a la planta de gas! Hélène no se mueve de la ventana. ¡Vamos a echar la puerta abajo!

¿Por qué te empeñas en encubrir a esos *fells*?[1] ¿De qué te sirve? ¡Canta, Iveton! ¡Saca todo lo que llevas en el buche

1. *Fell*: *fellagha*, rebelde argelino, militante del FLN. *(N. del T.)*

17

y paramos! Ahora tiene los electrodos fijados a los testículos. Un policía sentado en un taburete acciona la dinamo. Fernand, que lleva aún los ojos vendados, vuelve a gritar. Hay que aguantar, aguantar firme. No decir nada, ni una palabra. Darles a los camaradas tiempo para esconderse, al menos, cuando se enteren de lo que ha pasado, si es que no lo saben ya, pero cómo van a saberlo, ¿y qué hora es, por cierto, si aún no saben que ha sido detenido? Sí, ¿qué hora es? ¿Por qué has traicionado a tu gente, Iveton?

Jean está examinando la bomba. La habitación está en la penumbra, la luz es muy pobre. Jacqueline se ha sentado en la única silla y Djilali vuelve de la cocina con dos vasos de agua. Tictac tictac tictac. ¿Sabes cómo pararla? Jean subraya sus dudas con un mohín. Ya lo hizo una vez, sí, pero era un modelo distinto, no está seguro de conocer a fondo este mecanismo. Estudia los cables que conectan la bomba al despertador de la marca Jaz que hace las veces de temporizador. Taleb escribió sobre la bomba, en letras blancas, el nombre de Jacqueline, en homenaje a una militante, a una hermana en la lucha que se juega la vida por Argelia sin ser musulmana ni árabe: Jacqueline es judía. Si no estás seguro no toques nada, no vaya a estallarnos en la cara. Jean propone ir a deshacerse de ella bien lejos, a las afueras, a algún lugar desierto, donde no pueda hacer daño a nadie. ¿Qué me decís de las minas de hulla de Terrin?, propone Djilali. Sí, no es mala idea, allí no corremos ningún riesgo.

Te la vamos a meter por el culo si no hablas, ¿me oyes? ¿Me oyes? Fernand no se imaginaba que la tortura fuera eso, una *pregunta*, la famosa pregunta, esa que solo aguarda una respuesta, la misma, invariablemente: entregar a sus hermanos. No se imaginaba que pudiera ser tan atroz. No, no hay palabras. El alfabeto tiene sus pudores. El horror da su brazo a torcer ante esas veintisiete letritas.

Fernand siente el cañón de una pistola contra el estómago. ¿O será un revólver? Se hunde un centímetro o dos, muy cerca del ombligo. Te voy a agujerear las tripas si no hablas, ¿me has entendido o tengo que decírtelo en árabe? Jean ha despachado a Jacqueline y Djilali a sus casas, es más prudente, vale más no pasar mucho tiempo juntos. La noche disuelve la ciudad en hollín, en hulla, el sol se apaga y el almuédano llama a la plegaria a los fieles, الا الله, اشــهد ان لا الـه, Jean se enciende un cigarrillo con su mechero de gas y enfila por la rue de Compiègne hasta llegar a la cuesta de Chasseriau, unos niños avanzan por la acera a lomos de un burro, riendo sin parar, Chasseriau... ¿quién sería el tal Chasseriau? اشــهد ان محمد رسول الله, una comisaría a su derecha, Jean distingue un furgón de las CRS aparcado no muy lejos. ¿Y por qué no, a fin de cuentas? La bomba está lista, programada para estallar a las 19.30, solo tengo que... Jean frena en seco, coge el paquete de debajo del asiento y sale. Mientras los coches de detrás se ponen a tocar el claxon, corre hacia el furgón, es un arrebato de locura, es evidente, gira entonces la manija de la puerta trasera del furgón, que está abierta, a su espalda los conductores siguen despotricando, Jean entra, desliza el paquete bajo una de las dos banquetas y vuelve corriendo al coche.

Hélène accede por fin a dejarlos entrar, ya no duda de que puedan en efecto «echar abajo» la puerta de la casa. Se frota de nuevo los ojos y les cuenta que estaba durmiendo. Los hombres registran todas las habitaciones de la casa, incluidos los cuartos de baño, abren los armarios, sacan la ropa, sábanas, manteles y toallas, y lo tiran todo por el suelo, no vuelven a colocar nada en su sitio, inspeccionan cada cajón. Un policía grandote, más diligente que el resto, revisa meticulosamente los botes de comestibles. Hélène, molesta, le hace notar que podría ser más cuidadoso y respetuoso con los bienes ajenos; el policía grandote ni siquiera alza la vista y sigue a lo suyo, metiendo la nariz en el arroz y la harina de centeno. Uno de sus compañeros le ruega que escuche a la señora Iveton y lleve a cabo su registro con más consideración. ¡Una carta, muchachos! ¡Mirad lo que he encontrado! Un poli exhibe con orgullo una misiva del padre de Hélène, escrita en polaco, porque su padre es polaco, como también lo es ella, de hecho, originariamente. Se trata de una carta familiar sin más, en la que Joseph le pide noticias a su pequeña Ksiazek, como la llamaba antes de llegar a Francia. Al pensar que la policía ha tomado esas cuatro líneas por un mensaje cifrado, Hélène sonríe para sus adentros.

El cuerpo de Fernand está chamuscado casi por entero. Cada porción, cada espacio, cada pedazo de carne blanca ha sido sometido a la descarga eléctrica. Lo tumban en un banco, desnudo como está, con la cabeza sin apoyo, inclinada hacia atrás. Uno de los policías le cubre el cuerpo con una manta húmeda mientras otros dos lo atan bien firme al banco. Tu segunda bomba va a estallar dentro de una hora, si no hablas antes vas a palmarla aquí, no volverás a ver a nadie, ¿has oído, Iveton? Fernand puede ver, por fin: le acaban de quitar la venda de los ojos. Le cuesta abrirlos, el dolor es demasiado agudo. Le tiembla hasta el alma, siente agujas, pinchazos, su cuerpo se sacude aún en espasmos. Se han pasado por tu casa unos colegas nuestros, ¿lo sabías? Están ahora mismo con tu pequeña Hélène, por lo visto, eso es lo que nos acaban de decir por teléfono, que tu mujer es guapísima... No querrás que te la descalabremos, ¿verdad? Pues vas a decirnos dónde pusiste la bomba, ¿estamos? Un agente le cubre la cara con un trapo y el agua empieza a caer. El trapo se empapa, apenas puede respirar, traga el agua como puede para aspirar un poco de aire, pero es inútil, se asfixia y el estómago se le va hinchando a medida que el agua cae, cae, cae. Son las siete de la tarde. Yahia, su contacto desconocido, que debía ir a buscarlo cerca de la planta a la salida del trabajo, lo está esperando. Ha pedido prestado un coche para la ocasión a fin de despistar a la policía en caso de que esté indagando. La consigna la conoce hasta el último de sus camaradas: no esperar nunca más de cinco minutos. La puntualidad es el imperativo del militante, su pilar y su armadura. El retraso es el primer paso de la debacle. 19.06 horas. Yahia se queda en el coche y se dice que esta vez va a esperar a Fernand, que es posible que algún colega parlanchín lo haya retenido allá dentro. 19.11 horas. Sale del coche y mira alrededor, saca un paquete de Gauloises Caporal y enciende un cigarrillo (otro que el FLN no le va a confiscar, piensa Yahia, divertido, pensando en las normas del Frente en materia de tabaco, de un estricto que raya en la demencia).

En cinco minutos la palmas, muerto, ¡chao! Le entra el agua por la nariz, no consigue respirar, las sienes le laten con tal fuerza que le parece que implosionarán de un momento a otro. Un policía, sentado encima de él, le golpea el abdomen. El agua le sale de la boca a chorros. Alto, alto, paren... Fernand solo alcanza a murmurar su ruego. El policía se endereza. Otro cierra el grifo. Vale, sé dónde está la bomba... Fernand no sabe nada, claro, porque se la llevó Jacqueline. En la rue Boench, en un taller... Se la di a una mujer, a una rubia, sí, era rubia, de eso estoy seguro... Llevaba una falda gris y conducía un 2CV... No la conozco, en mi bolsa solo cabía una, así que ella se llevó la otra... No la había visto nunca, se lo juro... Es rubia, eso es todo lo que sé... El comisario ordena enviar a todas las pa-

21

trullas disponibles, sin perder un instante, para que peinen Argel provistos de esa descripción. Le sacan entonces el trapo que le obstruía la boca y las fosas nasales. Ves como no era tan difícil, Iveton... ¿Tú crees que nos diverte todo esto? Solo queremos evitar que haya víctimas inocentes por culpa de vuestras gilipolleces, nada más. Ese es nuestro trabajo, nuestro deber: proteger a la población. Y ya ves que, si hablas, te dejamos en paz... Son todas iguales, las voces de sus torturadores, Fernand ya no logra distinguirlas. Los mismos timbres y un montón de decibelios a una frecuencia inmunda. Lo que Fernand no sabe es que el secretario general de la jefatura de policía de Argel, Paul Teitgen, habló con ellos hace dos horas y les prohibió explícitamente que le tocaran un pelo. Teitgen fue torturado por los alemanes y no piensa permitir que la policía, su policía, la de esa Francia por la que luchó, la Francia de la República, la de Voltaire, Hugo y Clemenceau, la de los Derechos universales del hombre o los derechos universales del Hombre, pues nunca ha sabido dónde va la mayúscula, que esa Francia, la suya, recurra también a la tortura. Nadie le hizo ni caso, claro. Teitgen es buena persona, un burócrata llegado de la metrópoli no hace ni tres meses, que trajo en el equipaje toda su corrección, sus buenos modales y un bonito despliegue de deontología, probidad, rectitud e incluso ética, sí, ética, pero ¡vamos, hombre!, Teitgen no sabe qué terreno pisa, no tiene ni la más remota idea, a Iveton le dispensáis el tratamiento que toca y yo os cubro las espaldas, zanjó sin vacilar el comisario. Las guerras no se libran con principios ni sermones de *boy scout*.

Yahia aplasta el cigarrillo con la suela del zapato y vuelve al coche. Veinte minutos de retraso, mala señal. Arranca y al cabo de cien metros va a topar con un control del ejército francés. Varios camiones militares bloquean las calles circundantes. Su documentación, por favor. Yahia ya tiene su respuesta: algo le ha pasado a Fernand. Otro soldado se acerca para decirle a su colega que lo deje pasar, que no es una rubia ni lleva un 2CV y tampoco van a parar a todos los coches que pasen... Yahia saluda a los soldados en un tono cordial (sin cargar demasiado las tintas) y vuela a casa de Hachelaf; si torturan a Fernand es probable que cante y hay que poner a salvo a todos los efectivos de los que pueda hablarles.

Hélène es conducida, en la parte trasera de uno de los tres Traction, a la comisaría de la rue Carnot, donde la sientan en una silla frente a un escritorio de madera clara. El comisario entra y, sin molestarse en exponerle los hechos, le pregunta de qué color es la falda que lleva puesta. Hélène no capta el sentido de la pregunta, pero responde que es gris. Gris, como la de la sospechosa, replica el comisario.

Fernand sigue tendido sobre el banco, atado, pero poco a poco va recobrando el aliento. Sabe que volverán a torturarlo en cuanto regresen del taller, pero aun así disfruta de ese pequeño respiro, de esa tregua momentánea. Tiene la cabeza magullada, hecha papilla. Con los ojos entornados y la boca abierta, mira al techo. Le duele especialmente el sexo, se pregunta en qué estado va a encontrar sus huevos cuando todo haya terminado. Se abre la puerta, Fernand vuelve la cabeza levemente hacia la derecha: gritos, jetas simiescas, la Gestapo en tricolor, una patada brutal le parte los labios. Nos la has jugado, cabrón, no había nada en tu taller, te vamos a pasar por la piedra.

A Hélène la han informado finalmente de la situación: su marido ha sido arrestado después de poner una bomba, desactivada de inmediato: la planta de Hamma alertó a la policía, que le encontró encima a su marido papeles que indican que otro artefacto explosivo va a estallar de un momento a otro. Ella no sabía nada, les dice, sin necesidad de mentir. Por supuesto que estaba al tanto de las opiniones políticas de Fernand y sabía que estaba involucrado en una red cuyos entresijos desconocía, y por supuesto que sospechaba que algún día podría radicalizarse y tratar de traducir las palabras en hechos, pero no lo creía capaz —¿era esa la palabra?— de cometer un atentado homicida o planteárselo siquiera. Se limita a decir que no sabía nada de la militancia de Fernand. Amaba al hombre que era y no le importaba dónde le latiera el corazón, si a derecha o a izquierda, siempre que latiera a su lado. ¿Nos está tomando el pelo, señora Iveton? Hélène sonríe. La calma que exhibe no es pura apariencia, no es una evasiva bravucona ni un escudo de orgullo, en absoluto, es sabido que Hélène siempre ha sabido conservar la elegancia y la compostura en todo momento. Más le vale hablar, señora Iveton, ha de saber que poseemos mucha información sobre su marido y siento decirle que parte de esa información podría causarle un disgusto: hace tiempo que su marido la engaña, con una tal señora Peschard. Hélène no se cree ni una palabra, el discurso del comisario es basto, torpe, de mal gusto, una jugarreta de funcionarios y galones, sonríe de nuevo y replica que el adulterio está de moda y que también el comisario lleva unos buenos cuernos.

Fernand se ha desmayado. Justo antes de perder el conocimiento ha tenido la sensación de que iba a morir ahogado. Tenía los pulmones completamente obstruidos. Un policía le abofetea para despertarlo. Será mejor que no se nos muera en plena faena, eso a Teitgen no le gustaría ni pizca. El señor de la ética, el enchufado parisino de la boquita de piñón y el corazón de oro. Se echan a reír.

24

Yahia no ha encontrado a Hachelaf en su casa, solo a su mujer, que no sabe nada. Vuelve, pues, a su taller y al cabo de media hora larga lo ve pasar en su Lambretta. Le hace señas para que pare y le explica la situación en pocas palabras. Hachelaf no tiene noticias de la organización, pero ya le escamaba que en la radio nadie mencionara la explosión en la planta. Yahia le ofrece la posibilidad de esconderse unos días en casa de unos amigos europeos, los Duvallet, que son buena gente, ya verás, solo el tiempo necesario para saber exactamente qué ha sido de Fernand. Hachelaf acepta.

Hélène es conducida a una celda. A pocos metros se apiñan unas prostitutas trincadas en una redada. Han cortado el agua.

Fernand recobra el conocimiento y ve, aún borrosas, inclinadas sobre él, las cabezas de varios maderos. Le arde la mucosa nasal, tiene ganas de vomitar. Un policía les pide a los demás que se aparten y, sentado en el taburete donde habían instalado la dinamo horas antes, se dirige a Fernand en un tono sereno. Amigable, incluso. Ya has probado de sobra tu valentía y eso constará, pero es inútil que sigas en tus trece, desembucha de una vez y te dejaremos en paz, te irás a una celda a descansar y nadie más te pondrá un dedo encima, te doy mi palabra. Además, ya lo ves, la hora ha pasado y nadie ha informado de ninguna explosión, esa rubia tuya del 2CV habrá encontrado la manera de desactivarla... Se acabó, puedes contarnos el resto, solo queremos saber con quién trabajas, queremos nombres, europeos y musulmanes, no me digas que no conoces a nadie. A nadie, a nadie en absoluto, confirma Fernand. Todo vuestro, chicos.

Prostitutas de todas las estaturas y las más variopintas constituciones, rollizas, rechonchas, enormes cañas de bambú en redecillas, ajadas ya o con la línea distintiva de una juventud recién profanada. Hélène se ha sentado al fondo de la celda; el frío se filtra a través de su abrigo verde oscuro. Fernand siempre le dijo que, tanto en el plano moral como en el político, condenaba la violencia ciega, esa que siega cabezas y vientres al azar y esparce aleatoriamente cadáveres descuartizados, esos dados funestos, esa sórdida lotería que puede caer en una calle, un café o un autobús. Aunque apoyara a los independentistas argelinos, no aprobaba algunos de sus métodos: la barbarie no se combate con barbarie, ni se responde a la sangre con sangre. Hélène recuerda los últimos atentados, los del Milk-Bar y demás, y que Fernand, preocupado, con el ceño más fruncido aún que de ordinario, encorvado sobre su café solo y sin un solo azucarillo, le dijo que no estaba bien poner bombas en cualquier parte, que eso no se hacía, allí, entre niñas con sus madres, entre abuelas y europeos anónimos y sin un chavo, que eso solo podía conducirlos a un callejón sin salida. Un policía se detiene delante de la celda y grita a través de los barrotes: ¡Iveton, cabrón! Hélène se levanta, venga, pase y dígamelo a la cara si es hombre, abra y dígamelo a la cara. Las prostitutas aplauden y se oyen algunos vítores. Una porra se desliza y golpea los barrotes para imponer un silencio inmediato. Fernand no habría podido poner una bomba en la planta sabiendo que mataría a otros trabajadores, de eso está convencida. Seguro que pensaba volarla cuando estuviera vacía. Un símbolo. Un sabotaje, en definitiva.

Déjalo, basta o lo perdemos. Fernand ya no responde. Un zumbido constante en su interior. Cada órgano, una llaga. Suplica. Que cesen los golpes y el agua. Es tarde, a estas alturas los camaradas sabrán que ha sido detenido y habrán tenido tiempo de ponerse a salvo... Está bien, está bien, paren... Conozco a dos personas, no más, se lo juro, a Hachelaf y a Fabien, un obrero que nació en una familia de origen italiano, es joven, tendrá unos veinte años... Fernand no sabe ya con quién habla, lo único que sabe es que la tortura cesa cuando se pone a hablar. No conozco a nadie más, ya lo saben todo. Un policía anota los nombres en un cuaderno con las cubiertas de cuero. Por esta noche ya basta, llevadlo al calabozo. Como no está en condiciones de caminar, se lo llevan a cuestas, desnudo, lo dejan en una celda y tiran sus ropas a su lado. Las ratas corretean por los rincones. El dolor claudica ante el sueño, que se lo lleva en pocos minutos.

El Marne le saca su lengua verde a la paz azul del cielo. Las copas de los árboles sacuden la rigidez del horizonte.

Fernand viste una camisa de manga corta y luce un bigotito recién recortado. El sol oscila entre dos nubes arrugadas, pero sin edad; la hierba está salpicada de amapolas. No llegará al millar de habitantes, el municipio de Annet. Fernand saluda a un viejo pescador y a un chiquillo que debe de ser su nieto. El médico del hospital no mentía: también él siente que está recobrando fuerzas. El aire de la metrópoli tiene también sus virtudes. Tal vez pueda volver un día a sus queridos campos de fútbol. Paciencia, paciencia, le repite el médico con más calma que la que arrastran las aguas del Marne.

Fernand canturrea, como gusta de hacer cuando camina o está de humor... «Les arbres dans la nuit se penchent pour entendre ce doux refrain d'amour...»[1] Un tango. *Carmen*. Las mujeres de Clos-Salembier, el barrio de

1. «De noche los árboles se inclinan para oír este dulce estribillo de amor...» *(N. del T.)*

su infancia, le decían a todas horas que tenía una voz muy bonita, un no sé qué en el timbre, ese grano que resuena y cautiva el oído, y que tendría que probar suerte en los cabarets y los espectáculos de variedades de Argel. «L'oiseau le redit d'une façon si tendre...»[1] Y hay que reconocerlo: la presencia de esa belleza de nombre Hélène, encantadora de pies a cabeza, ha contribuido lo suyo al buen curso de su convalecencia. Una polaca, según dedujo al oírla hablar con unos clientes, hace dos semanas. Con una densa mata de pelo de un rubio muy particular, un rubio de heno a la sombra (un poco oscuro, deslustrado y rasposo). Las cejas finas, dos trazos de pluma, un hoyuelo en la barbilla y unos pómulos rollizos como no los había visto nunca: dos terrones sobre las anchas mejillas. Todas las noches, o casi todas (y es un *casi* doloroso, pues marca su ausencia), Hélène se encarga de preparar los entrantes o los postres para echarle una mano a su amiga Clara, dueña de Le Café Bleu, la pensión familiar donde se aloja Fernand. De día trabaja en una curtiduría, no muy lejos, en Lagny, un pueblo que, según le dijo ella hace cuatro días, fue prácticamente arrasado durante la Gran Guerra. La primera vez que Fernand la vio, estaba sirviendo vino a una pareja sentada a unos metros de él: la vio de perfil, un perfil perfecto que proyectaba su sombra en la pared, con la nariz algo abombada en el centro, sonriente, y ese pómulo –porque esa vez solo vio uno, como es lógico–, ese pómulo tan parecido al de los mongoles (Fernand no conocía a ningún mongol, pero esa era la imagen que tenía de ellos). Y luego estaban los ojos, de un azul de otra parte, un largo viaje por el meridiano para el chico del norte de África que era él, dos peladillas frías, afi-

1. «El pájaro lo corea con tanta ternura...» *(N. del T.)*

29

ladas, de un azul de perro lobo que se te mete en el corazón sin pedir permiso ni limpiarse los zapatos en el felpudo, el felpudo en que acabará por convertirte un día si ese azul llega a quererte o guardarte rencor. La semana pasada, durante la cena, se valió de su indecisión entre la tartaleta de caramelo y sidra y una crema quemada a la frambuesa para intercambiar con ella las primeras palabras. Tenía los antebrazos finos y unas muñecas que parecían de cristal del caro. Ella inclinó la balanza hacia el caramelo y le preguntó de dónde era su acento: de Argelia, es mi primera vez en Francia, bueno, ya sé que dicen que Argelia es Francia, pero no es lo mismo, las cosas como son...

Esta noche está Hélène.

Fernand se sienta y pide el menú del día, ella lo mira con sus ojos azules como perlas escarchadas, sonríe y se va, entre los sugerentes pliegues de su falda, sobre unos tobillos tan delicados como las muñecas... Hélène nació en Dolany, un pueblo del centro de Polonia. Sus padres la llamaron Ksiazek y cuando tenía ocho meses se marcharon con sus dos hijos –pues tiene un hermano– a Francia. Para trabajar. De jornaleros. Su padre se llama Joseph –como el carpintero de Judea o el Padrecito de los proletarios del mundo, eso va a gustos– y su madre, Sophie. Él toca el violín y ella es de buena familia, pero renunció a sus privilegios de clase para marcharse con aquel al que eligió querer; muy pocos corazones están dispuestos a romper con todo. Y fue así como se instalaron en Annet, con sus gallinas, sus conejos, cuatro cerdos y unas cuantas palomas.

Todo eso Fernand aún no lo sabe; se enterará al cabo de unos días, mientras ella lo acompaña en coche al hospital de Lagny para que le hagan una radiografía de los pulmones (él fingió que no sabía cómo llegar y le preguntó si podía ayudarle aquella tarde, con toda su inocencia, puesto que ella parecía ser de la región...). Así pues, como le explica Hélène al volante de su coche, no conserva ningún recuerdo de su tierra natal, de la que solo sabe lo que sus padres le han dicho. Su padre ahora vive allá, por desgracia: tuvo que ir para lo que había de ser una breve estancia, por un tema de una herencia que había que aclarar, pero la República Popular de Polonia no le permitió comprar el billete de vuelta a Francia... Sus cartas le llegan ahora cargadas de amargura. Fernand no le oculta que él vota por y para los suyos, los obreros, y aunque no ha leído a Marx ni se sabe de memoria *El capital*, con sus mil y una notas a pie de página, como los dirigentes del Partido, no duda ni por un momento que un día, no muy lejano a ser posible, habrá que dar al traste con todo: con los ricachones, los capitostes, los rentistas, la gente bien y el resto de los sinvergüenzas que se apropiaron de «los medios de producción», como dicen en el Partido. Ella se echa a reír. ¿Por qué no? Bien podría ser el comunismo, la solución, sí, no digo que no, siempre y cuando se aplique efectivamente y la igualdad incluya a todo el mundo y sea auténtica, sin expertos ni burócratas, sin propaganda ni comisarios políticos, pero eso no sucede en ninguna parte, dice Hélène, ni siquiera en la URSS. Fernand no quiere llevarle la contraria. ¿Cómo iba hacerlo, de hecho? Por toda respuesta le brinda una sonrisa más bien boba. Es aquí, ya hemos llegado, le dice ella, señalándole el hospital. Hélène aparca el coche y Fernand le dice a través de la ventanilla que estará de vuelta lo antes posible, prometido, que le espere en aquel café de allá, y para que se pague una consumición le tiende un billete que se ha sacado de la chaqueta y que ella rechaza categóricamente, sin apelación posible.

Es cabezota, esta Hélène, piensa Fernand mientras asciende los peldaños de la escalinata. Una mujer de aúpa.

Uno de los dos nombres que ha «dado» Fernand está durmiendo cuando se abre la puerta de su habitación. Pistolas y ametralladoras en ristre, arriba las manos, los haces de las linternas en plena cara. Encienden la luz. Fabien se levanta, medio aturdido, pero entiende perfectamente lo que está pasando. Muchos saludos de Iveton, le dice uno de los agentes, por si no estaba lo bastante claro. Al registrar la pieza encuentran unos cables en el interior de una caja de cartón, debajo de unos pantalones. Fabien recibe un puñetazo en el plexo y, mientras trata de recobrar el aliento, doblado sobre sí mismo, otro en el lado derecho de la cara que lo manda al suelo. ¿Esto es lo que usáis para fabricar las bombas? Podéis iros al infierno, responde el muchacho, antes de encajar un puntapié en las costillas.

A la mujer de Hachelaf también la han detenido. La llevan a la misma comisaría que a Fabien, para carearlos, pero los dos fingen no conocerse de nada: no, su cara no me suena, no la había visto nunca, lo siento. Desvisten a Fabien, le propinan bastonazos en las plantas de los pies, le aplican descargas en los testículos, pero él sigue mandándolos al infierno y al diablo, imperialistas malnacidos.

Le recubren el cuerpo de un extraño potingue que no sabe cómo llamar; es solo una pomadita, le dicen los polis entre risas. Reír es propio del hombre, dicen, pero la estampa en cuestión no resulta muy edificante. También le embadurnan «las partes», que le duelen hasta en las comillas: el ácido quema, corroe, devora, y él grita, habla o vas a seguir sufriendo, no sabe dónde está el laboratorio, no, ni quién fabrica las bombas, Fabien se muerde el interior de las mejillas, de su boca no sale una palabra.

La noche pasa sobre su cuerpo cosido de cicatrices.

Fernand despierta. Lo despiertan, más bien. Está molido, apenas se aguanta derecho. Se frota la nariz, con la impresión persistente de tenerla llena de agua. Ha venido a verte la prensa, te están esperando, vístete. El director de la Seguridad Nacional se ha puesto en pie, enfundado en su traje. El comisario, un tal Parrat, trata de hacer lo mismo. Ante ellos, una docena de periodistas y fotógrafos. Fernand está esposado, con los brazos por delante. Un alboroto de flashes cegadores, como escupitajos blancos. Fernand entrecierra los ojos, con el pelo mugriento y despeinado y la mirada baja. Le cuentan que su nombre copa la primera plana de toda la prensa argelina. «Al término de su jornada pensaba dejar su máquina mortífera en algún coche, tranvía o comercio, donde habría mutilado a mujeres y niños y segado multitud de vidas inocentes», asegura *La Dépêche Quotidienne*... Las preguntas vuelan, brincan, parlerías para la opinión pública, la bestia va camino del matadero. Él responde como puede, sin entrar en detalles, tratando de no decir más de lo necesario. Las palabras acuden a sus labios temblorosas, descompuestas por el hambre y los tormentos de la víspera. No, su célula no tuvo nada que ver con los atentados del Milk-Bar y La Cafétéria; no, no es un asesino sino un activista político,

33

la operación no tenía otro objetivo que la planta de gas, buscaba causar daños materiales, nada más, ni una sola persona debía morir en la explosión, de eso se había asegurado personalmente con sus camaradas, todo había sido planeado para que no corriera la sangre; sí, es comunista. Fernand responde, cruzando y descruzando las manos. Le informan de que una segunda bomba, que llevaba inscrito el nombre de «Jacqueline» (la suya llevaba el de «Betty», una amiga de Taleb; los periodistas también están al corriente), fue hallada a primera hora de la mañana en un camión de las CRS, en pleno centro: ¿qué tiene que decir al respecto? No estaba enterado, no sé nada de esa bomba. Así que Jacqueline encontró la forma de deshacerse de ella, piensa para sí. Y no explotó: un fallo técnico.

Djilali está encorvado sobre su máquina de escribir. Se frota los ojos. Le tiembla el párpado derecho. Jacqueline le masajea la nunca con una mano mientras lee por encima de su hombro la octavilla que está escribiendo: el FLN reivindica sin ambages la operación dirigida por el camarada Fernand Iveton, patriota valiente donde los haya. Su país es la Argelia del mañana, donde el colonialismo no será ya más que un mal recuerdo, un paréntesis funesto en la historia de la explotación del hombre por el hombre, un país donde los árabes ya no tendrán que doblar el espinazo, un Estado soberano e independiente de Francia. Jacqueline le pregunta si piensa enviarlo a las autoridades del Frente para que lo lean y lo aprueben antes de imprimirlo y distribuirlo. Sí, claro, la situación es delicada, será mejor que vayamos sobre seguro.

Fabien está tumbado con los brazos en cruz. Le mana sangre del labio inferior. Acaba de dar dos nombres.

Fernand ha sido torturado todo el día; él ha dado tres. ¿De qué materia estarán hechos los héroes?, se pregunta, amarrado al banco, con la cabeza caída hacia atrás. ¿De qué piel, de qué huesos, de qué esqueleto, de qué nervios, de qué tejidos, de qué carne, de qué alma estarán hechos? Perdonadme, camaradas... No tiene las espaldas lo bastante anchas para vestir el traje de Moulin, el prefecto de Eure y Loir, al que llamaban Max, que murió con la cara contusa en el expreso París-Berlín; le faltan agallas para apelar a la Historia en mayúscula. Perdonadme, camaradas, espero al menos que estéis bien escondidos, he aguantado todo lo que he podido...

Hoy, en el interior del país, una treintena de «rebeldes» han perdido la vida bajo el fuego de las ametralladoras o los bombardeos.

Pero sigue sin hablarse de «guerra», no, de eso nada, el poder guarda las formas con sus galones forrados de satén y sus carnicerías disfrazadas de bondad.

Fernand ha bebido un poco de agua, pero aún no le han dado de comer.

Se queda dormido.

Al día siguiente lo trasladan a otra ciudad. Otra sesión de tortura. Esta vez, colocan un barreño de agua electrificada en el suelo, bajo la escalera plegable a la que lo han atado: si se mueve mientras le entra agua por la boca, sus nalgas se sumergen. Quieren sonsacarle la dirección de la fábrica de las bombas, la de Abderrahman Taleb, un estudiante de química que se unió al maquis el año anterior. Fernand aguanta más de dos horas antes de pedirles a gritos que paren, que hablará, que conoce el lugar y les llevará hasta allí, de acuerdo. Lo esposan y lo suben a un vehículo militar. Tres cuartos de hora más tarde, sentado en uno de los tres jeeps, les señala una granja a lo lejos. Fernand no ha estado nunca aquí, no sabe absolutamente nada del lugar, salvo que se parece mucho a una granja, y corrobora

35

la información que le han sacado a la fuerza («la fábrica se encuentra en una granja, lejos de Argel»); solo quiere que la tortura cese sin haber suministrado información vital para la supervivencia de la organización. Los muros encalados del edificio recortan el verde circundante. Una veintena de soldados avanzan, MAT-49 y Thompson M1A1 en ristre, hacia la puerta principal de la casa; se dividen en tres grupos para rodearla. A pocos pasos del jeep, dos guardias vigilan a Fernand, sin apartar la vista del inminente asalto. Uno de los soldados llama a la puerta, espera una respuesta, nada, hace un gesto con la mano y se hace a un lado para que otros tres soldados la echen abajo. Los dos guardias aguzan la vista para no perder detalle. Fernand mira a su espalda: una arboleda y, más allá, algo que podría ser una especie de barranco. ¿Le dará tiempo a alcanzarlo? Los soldados entran en la granja.

Fernand echa a correr; no se ha alejado más de seis o siete metros cuando los guardias se dan la vuelta y abren fuego. Oye tres disparos, pero, para su gran sorpresa, no se desploma, nada, está ileso y sigue corriendo. Detrás de él, gritos. Delante, una abrupta depresión del terreno. No desciende a la carrera ni se desliza por ella: salta. Al aterrizar siente que se le hunde el tobillo, tropieza, se endereza. En torno a él, grandes rocas, arbustos, matorrales y, unos metros más allá, un arroyo. No tendrá tiempo de correr ni de nadar, piensa, desde allá arriba lo coserían a balazos. Rueda bajo un arbusto, una especie de retama, mierda, le sobresalen los brazos, trata de hacerse un ovillo, encoge los miembros tanto como puede, pero las heridas le impiden doblarlos como querría. Los soldados bajan el talud a la carrera, gritos, tintineo de armas, botas de cuero que aplastan la hierba agostada. Fernand no ve nada. Unas voces se alejan, otras le parece que se acercan, o eso teme.

¿Tú crees que habrá tenido tiempo de cruzar el arroyo? Joder, os pedí que lo vigilarais, sois unos zopencos, unos putos zopencos, ¡ve a por el foco, Daniel! ¿Será el miedo el que confiere al tiempo su cadencia? Fernand se siente como si llevara horas agazapado bajo la retama. Calambres y hormigueos le recorren los muslos. No, no son imaginaciones suyas, está a punto de caer la noche. Un soldado propone traer a un perro, Fernand oye mal lo que dicen los militares: se han alejado. Una potente luz abrasiva barre de pronto el barranco. Joder, chicos, pero si está ahí... ¡Está ahí! Fernand no entiende cómo han podido verle si no se ha movido. Lo quieren con vida, ¡no disparéis! Las botas se acercan, unas manos lo agarran y lo ponen en pie. Uno de ellos le abofetea. Las esposas, capullo, tenías los brazos al descubierto y de noche las esposas brillan a la luz del foco. Listillo. Llevadlo a Argel.

Fernand se protege como puede mientras le golpean la cabeza y el estómago con algo parecido al mango de madera de un pico. Te cachondeas de nosotros, Iveton, no había nada de nada en esa granja, solo una pobre familia de campesinos, ¿va a durar mucho aún, tu jueguecito? Nosotros no tenemos ninguna prisa, tenemos toda la paciencia del mundo y las llaves de tus esposas, vas a lamernos las botas el tiempo que haga falta, métetelo bien en esa cabecita. Lo arrojan a su celda con el estómago vacío, encadenado de pies y manos.

Djilali acaba de recibir la respuesta de los dirigentes del Frente: no quieren reivindicar públicamente la acción fallida de Iveton. Jacqueline, sentada a horcajadas sobre el brazo del sofá, no lo acaba de entender. La policía sospecha de los comunistas, está arrestando a militantes del PCA y los CDL a diestro y siniestro, y eso le conviene al Frente, digo yo, porque enturbia las aguas y desvía la atención, le aclara Djilali. ¿Fue Yacef quien escribió la respuesta? No, no creo...

Fernand está sentado en un taburete, maniatado. Le sangra la nariz. Un militar, otro o el mismo, qué importa, da vueltas en torno a él, repasando la prensa del día. Están los dos solos. Tiene gracia, tu nombre está casi siempre mal escrito: Yveton, con i griega. Fernand no le ve especial «gracia» a la errata, pero se cuida mucho de hacérselo saber. El soldado consulta los titulares y de vez en cuando lee en voz alta unas líneas de algún artículo que habla de él. Escucha esto, «la ciudadanía francesa de Argelia ya sabe dónde están los monstruos y quiénes son», se refieren a vosotros, los comunistas, qué poca consideración... Oye, ¿el *Paris-Presse* te suena? Yo no lo había leído en mi vida, «comunista asesino», te llaman, ja, ja, tus padres estarán orgullosos de ti, ¿eh, Iveton? (su propia broma le produce un nuevo ataque de hilaridad), parece que a tus amiguitos les ha entrado el canguelo a última hora, ¿no? El Partido no se está dando mucha prisa en celebrar tu atentado. Y fíjate lo que te digo, yo en su lugar haría lo mismo, ni siquiera fuiste capaz de detonar tu jodida bomba y te las das luego de valiente... El soldado sigue dando vueltas como un pez en su pecera cuadrangular, soliloquiando, visiblemente regocijado por la situación. Fernand permanece inmóvil en su taburete. Una gota de sangre acaba de caer al suelo, justo entre sus pies descalzos. Tampoco has caído muy en gracia a *Le Figaro*, aunque en la foto sales muy guapo, ¿no te parece? Le muestra la foto. Sí, sí, ese bigotito te quedaba muy bien, cómo os acicaláis los proletarios, quién lo iba a decir. Fernand ha dejado de escuchar, solo espera que deje de dar vueltas en torno a él, o va a volverlo loco. ¿No respondes cuando se te habla? Fernand no dice nada. El soldado hace un rollo con dos o tres periódicos y, sin previo aviso, lo golpea con ellos en plena cara.

Hélène se cuida de salir del despacho sin despedirse. No hace ninguna falta que la acompañen, insiste, conoce el camino. Al salir de la comisaría constata que son las ocho de la tarde y se dirige a la parada de taxis que hay un poco más allá. Un taxista la invita a subir. A la rue des Coquelicots, por favor. Qué nombre más bonito el de esa calle, señora, a quién no le gustan las amapolas. Huy, ya veo que anda usted un poco baja de moral. No quiero importunarla (Hélène se queda con la palabra, que, sin saber muy bien por qué, encuentra casi graciosa) ni entrometerme, señora, Dios me libre, آمـين يـا ربّ, pero a los seres humanos los conozco mejor que nadie, ¿y sabe usted por qué? Porque los llevo todo el día de aquí para allá y sé de qué están hechos, sí, sí, señora, no sonría, que la veo por el retrovisor, o qué digo, sonría, mejor, sonría, que su sonrisa me hace feliz, me llamo Faruk, y, en fin, lo que le decía: a los seres humanos me los sé de memoria y no se me escapa un detalle, conducir un taxi es lo que tiene, y veo que carga usted con una gran tristeza, pero es orgullosa, eso también se nota enseguida, con o sin retrovisor, y es por orgullo que no quiere contárselo a Faruk, que no es ningún fisgón, aunque a veces sí le pica la curiosidad... Hélène se echa a reír. Del retrovisor cuelga un rosario. Usted gana, le dice, me ha camelado la mar de bien. Vengo de la comisaría y es verdad que ando muy preocupada... Mi marido ha sido detenido, no sé si ha seguido usted las noticias estos días. Se llama Fernand Iveton... ¡No! ¡No me diga! Faruk suelta el volante durante unos segundos y agita las manos bruscamente. ¡Pues claro que conozco a Iveton, señora! Aquí a Iveton lo conoce todo el mundo, الله يحفظه, no me lo puedo creer, la señora Iveton en perso-

39

na, en mi taxi, ¡cuando Faruk lo cuente por ahí nadie se lo va a creer!, سـبحان الله, estalla en carcajadas, iba usted a la rue des Coquelicots, ¿verdad? Hélène le habla de las horas que ha pasado en la comisaría y precisa que no ha sido maltratada: nadie le ha puesto la mano encima. No tiene noticias de su marido, la policía se niega a dárselas y no tiene forma de ponerse en contacto con él. Es muy probable que lo hayan molido a golpes, sí, de eso está segura, y la sola idea le resulta insoportable, confiesa, pero está convencida de que lo soltarán: no ha habido ningún muerto, ni siquiera ha habido heridos, la bomba no ha explotado, cualquier abogado sabrá sacarlo del atolladero. Hélène se despide de Faruk, que se niega a aceptar su dinero, negativa que no es una mera cortesía sino una orden inapelable: no se le hace pagar a la mujer de un combatiente del pueblo, خليه ربنا يخليــك, cuídese, señora, sí, muy buenas noches a usted también.

La luna asoma para empañar la oscuridad con su blanco aliento. En la malla estrellada del cielo, millares de pequeñas cerraduras abren la noche.

Hoy han muerto setenta y tres «rebeldes».

La camarera les ha dejado los menús. Hélène lleva un vestido gris claro de cuello blanco y Fernand se ha puesto la única corbata que tiene. Dudó un poco antes de invitarla a cenar. ¿No sería prematuro? Pero ella se había tomado la molestia de acompañarlo al hospital y le pareció que era lo mínimo que podía hacer para agradecérselo. En el peor de los casos, siempre podría invocar –con fingida ingenuidad, consciente de transformar un descaro en una torpeza que tendría, por otro lado, su punto conmovedor– la famosa «hospitalidad argelina» para justificar la temeridad o descortesía de aquella cena. Pero ahí la tiene, al otro lado de la mesa, visiblemente más tranquila que él, podría tocarla con solo extender el brazo, aunque la mera idea de hacerlo le parece un sacrilegio. ¿De veras se plantea tocarla? Los cuerpos brillan por su ausencia mientras él siente surgir, en el fondo del vientre, eso que no tiene nombre, eso para lo que jamás ha podido encontrar una palabra que lo nombre y lo acote, esa «cosa», puede que ese sea el término más adecuado para describir esos primeros momentos atemporales, esa cosa un poco loca, esos vapores, esas fumarolas, ese éter que condena al fracaso cualquier asomo de racionalidad, esa cosa que sabemos empapada de ilusiones, de ornatos, de dorados y sables que no duran más que un instante, pero a los cuales uno se aferra, dándolo todo, y se lanza de cabeza, sí, esa cosa. Fernand la mira como quien contempla una estatua o un lienzo: carece de la precisión léxica para definir su cuerpo, pero admira los volúmenes y las sombras de la piel, los reflejos, los poros más o menos seguros de sí mismos, las manos (todo parece confluir en ese único lugar, en las manos que se ofrecen o abofetean, que se toman o se van: las manos de una mujer amada, o deseada, poseen la misma carga desgarradora y la misma fiebre sagrada que la boca, que un día, sin anunciarse, se acerca o se aleja para siempre), esa sonrisa extranjera y esos ojos que un mal poeta se aprestaría a comparar con el mar, sin temor a ofenderla (con Hélène no valen los lugares comunes ni las cromolitografías de rimador).

Fernand no sabe casi nada de ella, pero lo que sabe le basta y le sobra.

Lastrar un corazón que late es inútil.

A ella le encanta bailar, dice. Le viene de su padre, que en Francia animaba con su violín las fiestas populares (¿le ha dicho ya que su padre toca el violín? Hélène se disculpa; Fernand se deleita). Tanto le gusta que se ha presentado a varios concursos de baile y ha ganado alguno. De vals, sobre todo. Pero no vaya a pensar que su padre es un artista con la cabeza en las nubes, nada de eso: antes que nada es un agricultor, como atestiguan sus manos, que no vacilan en desplegar toda su fuerza al menor desliz. De niña tuvo que sufrir más de una vez las consecuencias y someterse a esas manos o a su cinturón de cuero negro cuando requería «disciplina», como los animales de la granja. Fernand la escucha atentamente y se cuida mucho de inte-

rrumpirla. Hélène soñaba con ser independiente y autóno-
ma, pero la sociedad no tolera que los sueños de una mujer sobrepasen los límites establecidos: la comunidad vigila
su vientre, su carne y su porvenir. Tuvo que casarse joven,
a los dieciséis años, para poder abandonar el hogar familiar
y perder de vista, aunque solo fuera durante un tiempo, a
aquel padre generoso pero violento. Fernand le pregunta si
aún le guarda rencor; ella se limita a sacudir la cabeza y
luego se disculpa por abrirse con él así, sin pudor alguno.
No sé qué me ha dado, no tengo costumbre de..., en fin,
ya sé que está usted aquí de paso, supongo que será por
eso. A Fernand no le gusta la respuesta, pero disimula. Lo
siento, Fernand, no hago más que hablar de mí, va usted a
pensar que... Qué va, si estoy encantado de escuchar, mi
vida ya la conozco, prefiero saber de la suya. Ella sonríe.
Está buenísimo el arroz, ¿verdad? Vaya si lo está. Aunque
se han pasado un poco con la sal, ¿no le parece?

Fernand procura conservar su acento, no quiere que-
dar como un paleto norteafricano que reniega de sus orí-
genes. Ella insiste, quiere saber más de él. Sus ojos azules
relucen como burbujas de zafiro, ramilletes de un pedazo
de cielo caído de Dios sabe dónde. Vale. De acuerdo. Fernand se toma su tiempo, deliberadamente, se pasa un
dedo por el bigote con la cabeza levemente inclinada hacia
atrás y le habla de su padre, puesto que ella le hablaba del
suyo. Se llama Pascal y fue un niño expósito. Su apellido,
Iveton –con i, insisto, nada de íes griegas, añade de inmediato–, se lo puso el Estado francés. ¿Y su madre? Era
española. Me tuvo a los diecisiete años, el año en que fun-
daron la Fiorentina. ¿No la conoce? Llevan una flor de lis
roja en la camiseta. ¿No? ¿No le suena? Claro que las mujeres y el fútbol... Le estoy tomando el pelo, no me haga
ni caso. Es un club italiano, de Florencia. En fin, es cierto

43

que hay nombres y bautizos más dignos. Mi madre se llamaba Encarnación, no hará falta que se lo traduzca. ¿Le parece bonito, el nombre? Sí, puede, en todo caso era el de mi madre. Se murió cuando yo tenía dos años y mi padre se volvió a casar con una mujer que tenía ya dos críos de un matrimonio anterior. Y con esto ya estamos a la par, Hélène, y la pelota está en su tejado, si me permite volver al fútbol. ¿Sí? ¿Esta vez lo ha pillado? Ella ríe y lo trata de granuja maleducado. Eso tendría que hablarlo con mi madre y pedirle cuentas, responde Fernand con el semblante grave. Hélène se queda helada, paralizada por la idea de haber metido la pata de aquella manera; él se parte de risa, ya vuelvo a tomarle el pelo, perdón, tendría que ver la cara que ha puesto, se echa de nuevo a reír y, al divisar a la camarera, le pregunta a Hélène si tomará un café.

Fernand lleva ya una semana detenido.

Han pasado por su celda a anunciarle que será juzgado por un tribunal militar. El juicio se celebrará en cuatro días. «Tentativa de destrucción, mediante sustancias explosivas, de construcciones habitadas o destinadas a ser habitadas.» El funcionario lee la nota sin alzar la vista. Tiene las mejillas grandes y la piel ajada. Fernand está sentado en un banco de hierro, con los pies encadenados. Artículos 434 y 435 del Código Penal. Es un delito que puede castigarse con la pena capital, es decir, aclara, como si no estuviera lo bastante claro, la muerte. Para su propia sorpresa, Fernand oye la palabra sin pestañear. La tortura le habrá derretido los sesos, piensa. Desde la víspera, un nervio le palpita sin cesar a la altura del bíceps del brazo derecho. Los dirigentes comunistas, prosigue, se niegan a involucrarse: no han enviado a ningún abogado del Partido. Desconfían de ese agitador. ¿No será más bien un anarquista, para empezar? Huele a chamusquina, a bombas arrojadas al paso de las calesas de los zares, a explosivos detonados en parlamentos y en cuarteles, a banderines negros y orgullosos, a Auguste Vaillant y toda la pesca... El funcionario pliega cuidadosamente en cuatro la nota que ha leído antes de guardársela en el bolsillo trasero del pantalón. Un soldado a su lado le comenta a Fernand que allí fuera los europeos de Argelia lo están poniendo en la picota: hasta se ven retratos de tu jeta en los muros de Argel. Lo tildan de traidor, de felón, de blanco vendido a los moros.

Hélène mira a su jefe a los ojos, al fondo de la pupila, lo mira en lo más negro de lo negro, tanto y tan fijamente que el hombre acaba por bajar la mirada y posarla en el escritorio, en su escritorio de jefe. Alza luego la cabeza y añade que no tiene nada más que decirle, que puede disponer de la tarde a su antojo, que le harán llegar cuanto antes la paga de noviembre (la de los días trabajados, vaya, pues no quiere que siga allí a fin de mes). Ella no responde y sale del despacho bruscamente, asegurándose de dar un buen portazo. La directiva, como acaba de comunicarle su jefe, no tiene intención de prolongar su contrato de camarera en vista de los últimos acontecimientos. Hélène pasa frente al hospital Mustapha, pero no se detiene al llegar a su parada de trolebús: prefiere volver a casa a pie, caminar un poco y tratar de calmarse, qué asco de gente, piensa, qué pandilla de corruptos. Habrá que encontrar otro empleo cuanto antes; de lo contrario, con Fernand en la cárcel, no alcanzará a pagar el alquiler... Hélène decide esperar al juicio antes de ponerse a leer los anuncios clasificados. Cuando llegó a Argel se puso a trabajar como mujer de la limpieza en casa de un ingeniero cuyo pasatiempo favorito era jugar al tenis con su mujer. Buena gente. ¿Se avendrían a emplearla de nuevo? Tendrá que hablar con ellos, nunca se sabe.

Fernand es trasladado a la prisión de Barbarroja, construida en Argel por los colonos franceses veinte años después de que su ejército invadiera el país. Por lo demás, es

46

un edificio bastante bonito, con sus grandes fachadas despejadas y su cúpula puntiaguda, y de fondo el mar, a lo lejos, cortando el cielo a navaja. Allí lo desnudan y le toman las huellas dactilares para el registro de entrada, en el que se le asigna un número que se estampa en un pedazo de tejido gris: 6101. El juicio se celebrará en un par de días y Fernand sigue sin saber quién se ocupará de su defensa.

Hélène ha comprado la prensa de camino a casa. No espera a sentarse para hojear los artículos que hablan del caso, y sus ojos acaban por posarse en una línea, una simple línea, que desata su cólera: Fernand llevaba «un mono de trabajo sucio y una camisa de dudosa blancura», dice ahí, en negro sobre blanco, el periodicucho en cuestión. Deja las llaves sobre la cómoda (por no decir que las tira) y rasga en pedazos la página del diario. Siempre ha cuidado de que su marido vaya pulcro y arreglado, con el pliegue del pantalón impecable y el cuello recto y sin amarillear nunca en la nuca, y refunfuña sin cesar cuando Fernand sale sin ajustarse la hebilla sobre el botón del pantalón, como es su fea costumbre, y ahora ese periodista desvergonzado se atreve a humillarla de este modo, pintando a su marido como un tipo desaliñado, un puerco, convencido como está de que puede burlarse de los obreros cuando le venga en gana y denigrarlos desde su confortable sillón de escritorzuelo fracasado... Hélène no logra calmarse y enciende un cigarrillo. Le da dos largas caladas. Espira el humo lentamente. Su gato, Tití, dormita contra el respaldo del asiento, un ovillo de hilo negro con la pata izquierda sobre uno de los ojos para protegerse de la luz.

Fernand está tumbado en el jergón de su celda, que comparte con dos presos, dos árabes cuyos nombres aún no conoce (uno de ellos no ha dejado de roncar desde que llegó a la celda, el otro está en la enfermería). El sistema colonial también pervive aquí: los europeos tienen derecho a dos mantas, los nativos solo a una; los primeros disfrutan de dos duchas y otros tantos afeitados semanales, los segundos de uno solo. Se abre la puerta y entra en la celda, escoltado por un funcionario, un individuo que se presenta a Fernand: Albert Smadja, abogado. Los dos hombres se dan la mano y el funcionario se retira. No hay donde sentarse, se disculpa el preso. Smadja es un hombre moreno, con los ojos bien agazapados bajo los párpados y la piel curtida de arena húmeda. Es comunista y es judío. Perrin, el presidente del colegio de abogados, le ha encomendado la defensa de oficio de Iveton. Fernand escucha; sabe poco o nada de los entresijos y manejos soterrados de la Justicia. Smadja prefiere sincerarse desde el principio: personalmente condena el atentado, pero, aunque no comulgue con su causa y solo sea un joven abogado novato, puede estar seguro de que hará lo que esté en su mano para defender su caso. ¿Me la juego?, pregunta Fernand, remedando la decapitación con un movimiento de la mano derecha a la altura del cuello. El presidente del colegio cree que la cosa acabará en una pena de prisión, responde el abogado, que es imposible que lo ejecuten si no ha matado usted a nadie. ¿Y usted? ¿Usted qué cree? Smadja calla un momento, visiblemente incómodo. Su silencio se le ovilla en el fondo de la garganta. Para serle absolutamente franco, Fernand, yo no tenía ningunas ganas de ocuparme de su caso, no soy más que un pasante en mi tercer año de prácticas, no creo estar a la altura... El clima que se respira en Argel es nefasto, todo el mundo se está rifando su cabeza. Se lo he comentado al presidente del colegio y esta misma mañana le ha pedido a Charles Laînné que se ocupe también del caso, no sé si ha oído hablar de él, es un abogado de primera, rondará los sesenta años y es miembro de la Secretaría de Asistencia Social Católica, se lo digo para que entienda que está muy predispuesto a defender las causas, digamos, justas... Fernand le pregunta qué opina del caso el tal Laînné. Smadja termina de limpiar la lente derecha de sus gafas con un pañuelo que se ha sacado de la americana antes de responder: tampoco a él le parece que su vida corra peligro por lo que ha hecho; hemos repasado juntos la estrategia de nuestra defensa para mañana... Sí, ya sé que los plazos dan miedo, pero la gente quiere su pellejo y supongo que las autoridades no quieren demorar el asunto, el diputado Soustelle ha llegado a decir que planeaba usted hacer saltar la ciudad entera por los aires... Sí, sí, como lo oye. Smadja se frota el puente nasal con el dedo corazón. Luego, al ver que Fernand se ha sentado en el borde de su jergón, con los ojos fijos en el suelo y los hombros algo encorvados, le pide que le describa, con la mayor precisión posible, los maltratos de que ha sido objeto. Fernand alza la cabeza. Tiene los ojos hundidos, amoratados, la tez demacrada y la barba cerrada. Luego se pone en pie y, sin pronunciar palabra, se quita la camiseta. Smadja arquea las cejas. Hematomas, costras, placas. Por todas partes.

Hélène mete un jersey, un pantalón, una chaqueta y una camisa en una caja de cartón rectangular. Fernand tiene que estar presentable mañana, en el juicio. Hay que impedir a toda costa que otro plumífero vuelva a escribir que es un desaliñado o un cerdo. Coge las llaves de la cómoda, tras recoger los pedazos del periódico esparcidos por las baldosas, y toma un trolebús hacia el centro. Se presenta en la recepción de la cárcel y, en su calidad de esposa, pide que le entreguen sin demora el paquete al preso Fernand Iveton, con el número de registro 6101. El encargado rechaza la petición, pues no se atiene al procedimiento habitual y es imposible hacer llegar objetos a los detenidos sin haber solicitado, de antemano, etc. Hélène le hace saber que no piensa moverse de ahí hasta que Fernand haya recibido el paquete en mano; el encargado, con su bigotito pelirrojo, sigue en sus trece. En ese caso llame usted al director, exijo hablarlo con él. El encargado vacila. Hélène lo mira fijamente, igual que ha mirado hace un rato a su jefe, el señor Trémand, y no aparta de él la mirada hasta que el hombre claudica, descuelga el auricular y pide que le comuniquen con el director de la cárcel. Dos agentes de las CRS la acompañan a su despacho. Hélène estrecha resueltamente la mano que le tiende el director. Este sonríe y le ruega que tome asiento en una de las tres butacas. Le conmueve su tenacidad, confiesa, sin desprenderse de su sonrisa. No me burlo de usted, se lo aseguro, a muchos presos les gustaría conocer a una mujer como usted. Ya estoy al corriente de todas sus llamadas y sus cartas, desde hace dos días: ¡qué tenacidad, qué obstinación! Hélène está algo confusa por el tono de su interlocutor. Deja el paquete sobre el escritorio y le dice que es imperativo (separando las sílabas) que su marido disponga de ropa limpia para el juicio. Es lo menos que podemos hacer, responde el director, todo empatía. Tendremos que inspeccionarlo, naturalmente, como ya se imagina, pero le doy mi palabra de que, si el contenido se ajusta a nuestro reglamento, el paquete le será entregado. Hélène le da las gracias. Luego, al salir a la calle, nota la presencia de policías de paisano o miembros de los servicios de inteligencia, lo que sean, se da la vuelta, mira a los transeúntes, convencida de que varios de ellos la están siguiendo. ¿Estará perdiendo la razón? No, no. Sigue su camino, se da la vuelta. Un hombre se detiene, le pide un cigarrillo a un vendedor ambulante, un joven árabe, se ha parado en seco cuando ella se ha dado la vuelta, justo en ese momento, no son imaginaciones suyas, no, no está loca. Hélène le grita que se largue y la deje en paz.

Buenas noches, sí, y mucho ánimo, Fernand, le dice Smadja dándole unas palmaditas torpes en el hombro. El abogado golpea la puerta de la celda. Tres veces. El funcionario la abre y Fernand se despide por segunda vez del abogado de oficio.

La radiografía revela una «opacidad heterogénea en el lóbulo del pulmón derecho». Fernand no sabe muy bien lo que eso significa, salvo que la longitud del enunciado sugiere que lo que él tenía por un simple resfriado, contraído después de un partido de fútbol en Argelia, podría ser una enfermedad más grave. Tuberculosis, muy probablemente. El hospital de Lagny le recomienda encarecidamente que acuda a la consulta de un médico de París «a la mayor brevedad» para hacerse una revisión a fondo. Fernand, sin embargo, no está muy preocupado. Su naturaleza acostumbra a rellenar los vasos medio vacíos que va encontrando en la mesa de la existencia. La felicidad entra para él dentro de lo corriente: no tiene más pretensiones que las que dictan sus posibilidades y exhibe, con la modestia patente de una tela plisada, sin ruido, sin fricción, una suerte de bienestar del que no tiene ninguna necesidad de enorgullecerse.

Hélène acaba de terminar su turno, con los gemelos algo doloridos de tanto caminar (esta noche había muchos más clientes que de costumbre, por alguna razón). Fernand está en su habitación, en el piso de arriba del Café Bleu, tumbado sobre la colcha de la cama, descamisado, leyendo el *France Football*. El Lille OSC acaba de ganar la Copa de Francia contra el FC Nancy. Dos a uno. Fernand conoce a uno de los goleadores, Jean Vincent, lo conoce por la prensa y por haber visto algún partido en el que jugaba, tiene una jeta simpática, Vincent, con la frente muy alta y la nariz de sioux. Un bonito gol en el minuto 17. Llaman a la puerta. Se levanta, sorprendido, quién será a estas horas, mira el reloj, las 22.40, abre, es Hélène. Espero no llegar en mal momento. Su presencia, más que la pregunta que suscita, lo deja estupefacto, y ahí se queda, medio desnudo, presa de su asombro. No, claro que no... Pase, pase, por favor.

Lleva toda la noche de pie, le dice, solo quería sentarse unos minutos antes de volver caminando a su casa. Fernand apenas da crédito a sus oídos, no le falta atrevimiento a la muchacha, subir hasta aquí, a esta hora tan poco razonable, los vecinos que podrían haberse cruzado con ella y que se lo pasarían bomba chismorreando... ¿Qué estaba leyendo? ¡Ah, fútbol y más fútbol! Fernand protesta: tiene *L'Humanité* ahí mismo, a su lado, al pie de la cama. No sé yo si es mucho mejor. Ella ríe. Fernand se pregunta entonces si le gusta más cuando ríe, así, con la cabeza echada hacia atrás y el cuello que asoma sin ofrecerse, un cisne travieso, una cinta clara de primavera, sus blancos dientes batiendo las alas y ese sonido agudo, débil, frágil, Fernand divaga, sigue sin saber si la prefiere risueña o seria, como también lo está a menudo, el pliegue del entrecejo cada vez más marcado, delicada rodera y ese aire trágico, esa mirada eslava como salida de un libro de Dostoievski (al menos esa es la imagen que le ha quedado, porque abandonó *Crimen y castigo* en el capítulo tercero de la primera parte; recuerda únicamente una frase, muy hermosa por cierto, como pensó entonces: la madre del protagonista, cuyo

53

nombre no alcanza a recordar, le escribía una carta que concluía así: «Te envío mil y un abrazos. Tuya hasta el sepulcro», qué bonito, se dijo). Pero el dilema es absurdo. No tiene por qué elegir: la quiere risueña y seria. Son dos colores de un mismo porvenir.

No hay más que una cama en la habitación, ni siquiera un taburete o un baúl, nada, Hélène se queda de pie y Fernand percibe su apuro. Por cierto, le dice enseguida para distraerla, no le he contado que esta mañana me ha llegado una carta del hospital, me han diagnosticado un no sé qué ahí dentro, algo menor, un pulmón que se hace el interesante, una «opacidad heterogénea en el lóbulo», lo llaman, tiene su gracia la expresión, ¿no cree?, una «opacidad heterogénea en el lóbulo». Hélène le dice que hay que tomarse esas cosas más en serio. El problema es que tengo que ir a París. Pues menudo problema, le corta Hélène, París está a treinta kilómetros de aquí, ¡eso no es nada! Yo no soy de aquí, como usted, treinta kilómetros a camello son muchos kilómetros, ¿sabe? Hélène se echa a reír, no diga bobadas. Fernand se lanza: ya sé que estoy abusando, Hélène (le encanta pronunciar su nombre delante de ella, mirándola de frente, sin pestañear, tiene la impresión, tan estúpida como furtiva, de poseerla ya un poquito...), pero ¿cree usted que...? Hélène vuelve a interrumpirle: no fuerce la cortesía y déjese de melindres conmigo, ya le llevo yo en coche si quiere. Fernand le da las gracias. Se produce un silencio. Ha pasado un ángel, armado hasta los dientes. Es tarde, tendría que ir tirando. Nos vemos pronto, supongo, Fernand alza la cabeza, sí, eso espera, de todos modos hay que ayudar a Clara allí abajo, seguro que nos cruzamos. Se levanta para acompañarla a la puerta. Tápese bien el cuello antes de salir, Hélène, no vaya a pillar una «opacidad heterogénea»...

54

París se hunde bajo las pesadas sábanas del cielo. El sol escupe sus escamas blancas. Hélène lleva tacones y un fular de rayas y mantiene las piernas cruzadas bajo la mesa circular de la terraza del café. En la acera, una mujer sostiene su cartera y una barra de pan en una mano, una pareja llama a un taxi (él, un larguirucho con la camisa azul remangada hasta los codos; ella, con guantes beis y una falda naranja con motivos amarillos), un hombre con impermeable corre y cruza la calle sin detenerse, el gendarme de la plaza agita su porra, el metro de la esquina inhala y exhala a sus viajeros en un mismo aliento... Hélène le habla a Fernand de la guerra, de la suya, la de Polonia, en la que una parte de su familia fue asesinada por los alemanes. Un tío suyo, Sławomir, fue torturado una noche entera por un oficial nazi antes de ser pasado a cuchillo. Sus padres –su padre, aclara, se encontraba aún en Francia en aquel entonces, no regresó hasta el 48– ocultaron a varios judíos durante la Ocupación y ella le daba de comer al hermano de una amiga, un joven de la Resistencia que vivía oculto y formaba parte de una organización que ella no llegó a saber cómo se llamaba. Tampoco supo nunca cómo fue que un día el hecho salió a la luz: las autoridades de Vichy la convocaron por correo a la prefectura de Chartres. Eso fue un martes, si mal no recuerda. Pensó que valía más no presentarse y huir: como tenía la nacionalidad suiza, por su marido, pese a que lo había abandonado antes de la guerra, se refugió en Lausana hasta que terminó la contienda. El dueño del café acaba de poner un vinilo de Mouloudji en el tocadiscos. «J'ai le mal de la nuit / de la nuit de Paris / quand les filles vont et viennent / à l'heure où moi je traîne...»[1] Hélène se interrumpe bruscamente para escuchar. Le gusta mucho la canción, dice; Fernand finge conocerla y coincide plenamente, un tema maravilloso, sí, me gusta el estribillo, da ganas de bailar...

Fernand paga la cuenta y se van los dos a pasear en dirección a Saint-Michel. A su llegada, Fernand pasó tres días en París; se hospedó en Pigalle, en casa de su abuelo, un conserje que trabaja en el barrio de Grandes-Carrières, en el distrito XVII, y vende el *France-Soir* cuando acaba la jornada para ganar un dinerillo extra. Su abuelo le ha propuesto ahora alojarlos a ambos y ahorrarles el hotel. Ya verá esta noche, es un encanto de hombre, continúa Fernand, y creo que le caerá usted de maravilla. El Sena reverdece a su derecha. Un largo fluir sobre el que se maquillan las nubes. Pasan por delante de un cine y miran juntos los carteles: *El regreso de don Camilo*, *Reportaje sensacional*, *Círculo de peligro*, *La ley del silencio* y una de Hitchcock. Fernand no va casi nunca al cine, pero Hélène se da el lujo de vez en cuando, cuando tiene algo de dinero. Me hablaba de la guerra... Sí, dice ella, cuando Alemania invadió Polonia su hermano también se alistó en la Legión Extranjera. Sus sombras se tocan sobre la acera.

Ah, la verdad es que puede ser un poco duro allá, no crea; a veces el sol se olvida de dar el relevo. Su abuelo ha preparado unas berenjenas gratinadas. Las autoridades francesas se desentienden de las reivindicaciones de los musulmanes, de los «nativos», como ellos los llaman. Es absurdo, aparte de obsceno. Nos va a llevar derechitos al

1. «Tengo el mal de la noche / de la noche de París / cuando las chicas van y vienen / y yo ando por ahí.» *(N. del T.)*

hoyo, créame, sin virajes que valgan, al hoyo con todo el equipo. Hélène escucha con atención. Las fechas me bailan, me disculpará, pero lo que está claro es que hace ya muchos años que los árabes se organizan para hacerse oír, para conseguir la igualdad de todos, del conjunto de colectivos de Argelia. Pero es como predicar en el desierto. Nada. Cero. Los meten entre rejas y suprimen sus partidos, los disuelven y los reducen al silencio, para luego darse ínfulas con su Cultura, su Libertad, su Civilización y toda la retahíla de mayúsculas que sacan a desfilar para pavonearse ante el espejo, cuanto más brillo mejor, hay que ver cómo les gusta. El día en que Francia fue liberada, y me refiero a la metrópoli, porque ya le digo que para mí Argelia es Argelia, ya no me creo sus cuentos de departamentos franceses de ultramar, eso son pergaminos apolillados, fósiles, antiguallas, mire si no lo que está sucediendo en Indochina, Ho Chi Minh les avisó de que había que pasar página, nadie le hizo ni caso y luego pasa lo que pasa... Pues eso, que el día en que Francia se puso de gala para celebrar la victoria contra los alemanes, en nuestra tierra masacraron a no sé cuántos musulmanes, millares serían, como poco, en Sétif, en Guelma, supongo que los nombres no le dicen nada, son dos poblaciones a trescientos y quinientos kilómetros de Argel. En fin, las historias que he oído casi no me atrevo ni a contárselas. Y menos ahora, comiendo. Por cierto, abuelo, he de decirte que tus berenjenas no es que sean deliciosas, no, eso sería faltarles al respeto, son... –Fernand agita las manos– vamos, que no hay palabras, tendría que buscar en otros alfabetos para describir tus berenjenas. El abuelo se echa a reír, mira a Hélène, luego a Fernand, ay, eres tremendo, chaval, ya va a ver, señorita, es tremendo este chaval. Hélène sonríe y se limpia las comisuras de los labios con la servilleta. Fernand retoma el hilo; ¿no la aburro un poco con todas estas historias? Qué va, al contrario, me interesan mucho, de verdad. Fernand se pasa un dedo por el bigote y prosigue: yo nací en el 26, no tenía ni veinte años, pero me acuerdo perfectamente de lo que me contaban los árabes cuando hablaba con ellos. Historias para no dormir. Personas rociadas con gasolina y quemadas vivas, cosechas arrasadas, cuerpos arrojados a los pozos, tal cual, los pillaban y los tiraban, los quemaban en hornos, también a los críos y a las mujeres, a todo el mundo, con tal de sofocar las protestas el ejército abría fuego contra todo lo que se movía. Y no solo el ejército, también disparaban los colonos y los milicianos, toda esa gentuza avanzaba cogida de la mano, en una danza macabra... Y la muerte es una cosa, pero la humillación se te mete dentro, bajo la piel, te planta ahí sus granitos de cólera y te arruina generaciones enteras; me acuerdo de una historia que me contaron, sucedió en Melbou y no hubo sangre aquella vez, pero quizá fuera peor, porque la sangre se seca antes que la vergüenza: obligaron a unos árabes a arrodillarse ante la bandera francesa y decir «somos unos perros, Ferhat Abbas es un perro», Abbas es uno de sus cabecillas, uno de los más moderados, para colmo, un tipo que lleva corbata y ni siquiera aboga por la independencia total, solo pide justicia. Y hasta un moderado como él solo les merece desprecio. Todo esto lo vio un periodista francés, no son invenciones mías.

Lo único que Hélène sabe de Argelia es lo que cuenta la prensa de la metrópoli, es decir, nada, salvo sermones y necedades vertidas por el Estado. Fernand se levanta para ayudar a recoger la mesa y hacer sitio a la tabla de quesos. El abuelo le ruega a Hélène que no se mueva, que una visita no es cosa de todos los días, que aproveche y se relaje. ¿Y cómo ve el futuro?, le pregunta ella cuando se vuelven a sentar. Fernand se pasa la palma de la mano por el pelo. No está muy seguro, la verdad. Pero si de algo está convencido es de que la situación va de mal en peor. El *statu quo* está más que caduco. Hay quien habla de seguir el ejemplo de los vietnamitas, de alzarse en armas y echarse al monte, pero también hay muchos que no creen en esa posibilidad. Fernand, por su parte, tiene una única aspiración: que la Argelia del mañana acabe por reconocer, por las buenas o por las malas, a todos y cada uno de sus hijos, vengan de donde vengan, ellos o sus padres y sus abuelos, sean árabes, bereberes, judíos, italianos, españoles, malteses, franceses o alemanes... Son millones los que han nacido en esa tierra, gobernada por unos pocos terratenientes, por un puñado de caciques que no se encomiendan ni a Dios ni al hombre, con el beneplácito y hasta el apoyo de los sucesivos gobiernos franceses: hay que acabar con el sistema, librar a Argelia de esos prebostes y fundar un nuevo régimen de base popular, con el apoyo de los trabajadores árabes y europeos, del pueblo llano, de los parias y humildes de todas las razas, unidos para acabar con los sinvergüenzas que los extorsionan y los oprimen. El abuelo se ríe de él: ya vuelve a la carga con sus delirios comunistas, no le haga caso, señorita Hélène, no le haga caso, ¡cuando se pone así es un huracán y no hay dique que aguante en pie!

Su pelo en el suelo, como una paloma aplastada.

Las tijeras cumplen con su cometido y Fernand no tarda en tener la cabeza rapada. Le inclinan la cara hacia la izquierda, la cuchilla de la navaja se desliza por la mejilla y le afeita la barba, que desde su detención, diez días antes, comenzaba a crecer en serio. Lo han sentado en una silla. Dos funcionarios armados velan por el buen curso de la operación. Fernand contempla los mechones morenos que va esparciendo con sus zapatos el hombre encargado de trasquilarlo. Son las siete de la mañana.

Le entregan un paquete que su mujer ha insistido en hacerle llegar, con ropa limpia para el juicio. Se la pone. Los funcionarios no se molestan en darse la vuelta. Un furgón lo espera en el patio de la cárcel. Se sienta en su interior, con las manos esposadas a la espalda y la cabeza gacha. No ha dicho nada en toda la mañana: desconfía de las palabras, ahora que sabe que te las pueden arrancar por la fuerza y darles la vuelta como a un guante. El tribunal militar oficia en la rue Cavignac. Los periodistas y los fotógrafos se agolpan junto a las puertas y el gentío se da de codazos. Hélène ha venido con el padre de Fernand y su segunda mujer. Anoche se cortó el pelo o, en todo caso, dejó que una amiga del barrio se lo cortara, sin saber muy bien por qué, solo para pensar en otra cosa, aunque solo fuera durante media hora. Pascal, el padre, no afloja la mandíbula. Ha dormido poco. Sus ojos grisáceos están orlados de hinchazones violáceas. Hélène se ha pasado todo el camino repitiéndoles a sus suegros que no pueden llorar en público ni mostrar el menor indicio de miedo o flaqueza, no hay que darles a la prensa y el público el gusto de saborear su tormento.

Las puertas del tribunal se abren y la gente se abalanza adentro, como una bandada de pájaros de mal agüero. Es la mujer de Iveton, es ella, empiezan a gritar. ¿Quién la habrá reconocido? Hélène no se da la vuelta, deja que las interjecciones crezcan como pelotas de baba y de odio que le resbalan por la espalda. En cierto momento le dan un empujón (demasiado fuerte para pensar que ha sido casual) y ella responde con un codazo, sin volverse. No quiere mostrarles la cabeza a quienes esperan que ruede la del hombre al que ama. La pequeña sala está abarrotada de curiosos. En un palco hay una veintena de soldados armados. Los asistentes se sientan en los lugares indicados. Siete jueces entran cuando el público ha acabado de acomodarse, todos visten uniforme militar. Granjean, Pallier, Longchampt, Nicoleau, Graverian, Valverde y Roynard, esos son los apellidos de quienes, con el grado de coronel, capitán o subteniente, se disponen a juzgar a un traidor.

Dos gendarmes conducen a Fernand al banquillo de los acusados. Camina con la cabeza gacha y las mejillas más hundidas que de costumbre. Hélène tarda unos segundos en reconocerlo, en qué estado me lo han dejado, se dice con el estómago encogido, retorcido, oprimido por la angustia y el dolor. Recuerda entonces sus propias recomendaciones: no mostrar ninguna emoción, no quebrarse. Lo mira, a su amor hermoso, con la cabeza rapada casi al cero y la mirada perdida, tan perdida que no puede decir que sea *su* mirada: es una mirada animal que no dice ya nada del hombre que es, una mirada abatida, ausente, y esa boca cerrada como si no hubiera de volver a abrirla, ese rostro huesudo, una máscara mortuoria en un cuerpo cautivo... Le han afeitado hasta el bigote, esas sabandijas. Fernand la busca entre el público con la mirada. Pasa revista a cada rostro, con la esperanza de dar con aquel sin el que teme hacerse muy pequeño. Aunque no se hablen, la sola presencia de Hélène le permitirá hacer frente a esa camarilla de inquisidores uniformados. Por fin la distingue, flanqueada por sus padres, le sonríe, ve que se ha retocado el pelo, sus ojos azules titilan allí al fondo, dos lamparillas en la noche de la justicia. Fernand toma asiento. Ella le hace señas, que él no entiende, para que se abroche el último botón de la camisa. Él frunce el ceño, ella agita las manos. En vano. Los periodistas se preguntan en qué código estarán hablando.

El presidente del tribunal empieza a leer el auto de procesamiento antes de declarar que el acusado se expone a «la pena de muerte», a menos que se determine y se demuestre la existencia de «circunstancias atenuantes». Luego pasa directamente a interrogar a Fernand. Sí, soy comunista militante. Fernand levanta la cabeza, le mira y prosigue bajo el oído atento del secretario judicial: «Decidí implicarme porque me considero argelino y no soy ajeno a la lucha que libra nuestro pueblo. No es justo que los franceses se mantengan al margen de esa lucha. Yo no tengo nada contra Francia, es un país al que quiero mucho, muchísimo, lo que no me gusta son los colonialistas». Silbidos e improperios entre el público. «Por eso acepté la misión.» El presidente le pregunta si su célula militante se proponía lograr sus fines por cualquier medio. «No. Hay distintas formas de pasar a la acción. En nuestro grupo no se barajaba la idea de destruir por cualquier medio; no queríamos atentar contra la vida de nadie. Pero sí estábamos decididos a llamar la atención del gobierno francés hacia el número creciente de combatientes que luchan por un mayor bienestar social en esta tierra argelina.» Fernand se había pasado la víspera pensando en frases que pudiera pronunciar con claridad y precisión durante el juicio y ordenando su discurso para que no lo pillaran desprevenido. Habla con calma, con voz templada y serena (en apariencia al menos), y se mantiene firme a la hora de justificar su compromiso político y la fuerza de sus convicciones. Aclara que, para colocar la bomba, escogió un lugar que sabía que estaría desocupado. Hélène lo mira, ve de perfil su rostro cuadrado, anguloso, con su bonita nariz puntiaguda. Siente orgullo, claro, pero no solo eso, también un deseo irreprimible de estrecharlo entre los brazos y sacarlo de esa ratonera. Se habla de la amistad que le unía al traidor Maillot, Henri Maillot, y el presidente del tribunal le pregunta si en algún momento pensó en los daños que habría causado su bomba de no haber sido descubierta a tiempo. «No habría echado abajo más que un par de tabiques. Yo nunca me habría prestado, ni siquiera a la fuerza, a participar en una acción que pudiera provocar muertes. Mis convicciones políticas son sinceras y pensé que era una forma de demostrar que no todos los europeos de Argelia se oponen a los árabes, porque esa brecha existe y se ensancha cada vez más...» Roynard, el presidente, se encoge de hombros con gran teatralidad y se confiesa sorprendido de que Fernand se propusiera unir a la población del país por medio de atentados. El director de la policía científica lee a continuación su informe y explica que, efectivamente, un artefacto explosivo de tales características tiene un alcance de entre tres y cinco metros y que no podría derribar un tabique de ladrillo. Roynard señala que, pese a todo, las bombas del Milk-Bar y La Cafétéria provocaron no hace mucho la muerte de un gran número de inocentes y que el atentado de Fernand recuerda inevitablemente a esos actos infames. El acusado protesta, quiere que se le juzgue solo por sus propios actos y no por otros que no guardan con él relación alguna. Sube al estrado Oriol, el capataz. Así que fue él quien me delató, piensa Fernand. Oriol declara que el local no está en desuso para nada y que puede haber gente de paso, empezando por él mismo, que todos los días a las 17.45 hace la ronda por las inmediaciones. Un ingeniero lo ratifica y asegura que él también pasa por ahí a diario. Fernand lo interpela en un tono casi desabrido: «¿Cuándo ha tenido usted que ir ahí de noche?». Turbado, el ingeniero responde que es cierto, que en los cuatro años que lleva trabajando en la planta nunca ha visto allí a nadie de noche. Lo suceden en el estrado un comisario y un policía. Tras desabotonarse discretamente la chaqueta durante el testimonio de este último, Fernand se pone en pie, se levanta la camisa con brusquedad y le espeta al tribunal que debe denunciar las atrocidades cometidas contra su persona. «¡Han pasado diez días y aún tengo las marcas! ¡Me han torturado!» La sala hierve y se agita. Se pide silencio. Sus dos abogados, Laînné y Smadja, exigen que un médico examine al acusado. El tribunal accede, siempre que sea un médico del ejército...

Se suspende la sesión.

La sala se vacía en una lenta bocanada de almas sedientas de un poco de sangre espesa y brillante. Hélène le envía a Fernand un beso con la mano. Los dos gendarmes que lo habían conducido a la sala lo meten a empellones en una habitación adyacente. Fernand se sienta en un banco. Piensa que ha hablado lo mejor que ha podido y espera haberse mostrado convincente. No pueden ejecutarlo por una bomba que no estalló y que, de haberlo hecho, como ha admitido hasta el director de la policía científica, no le habría hecho daño a una mosca... Fernand no está en absoluto angustiado. Pese a ser una república colonial y capitalista, Francia no es ninguna dictadura; sabrá poner las cosas en perspectiva; sabrá discernir lo verdadero y lo falso y leer entre las líneas enemigas. Entra un hombre chaparro, fornido y con las cejas excepcionalmente pobladas: es el médico. Después de saludarle, el hombre le pide que se desvista y le examina el torso, el cuello, el estómago, los omoplatos. Fernand le dice que también ha padecido torturas en el resto del cuerpo y, sin esperar respuesta, se desabrocha el pantalón. Bien, bien, comenta el médico, que desde que ha llegado no se ha atrevido a cruzar una sola mirada con el acusado. Voy a preparar un informe enseguida para que los jueces lo puedan examinar antes de que se reanude el juicio, a las tres de la tarde. Fernand le da las gracias.

Le traen el almuerzo y luego se reanuda el juicio. El delegado del gobierno afirma desde el estrado que, fuera cual fuese la intención de Fernand –acabar con la vida de inocentes o no–, el delito es el mismo. Se lee a continuación el informe médico: el acusado presenta «cicatrices superficiales en el torso y las extremidades» pero, dada su antigüedad, «es imposible determinar las causas exactas de dichas marcas». Fernand pide la palabra, no se la dan, y el delegado prosigue: en nombre de los niños que perdieron la vida en esos cafés, estamos obligados a castigar a los criminales. Solemne, con la Historia sentada en la punta de la lengua, concluye: «¡Y les insto a pensar asimismo en Francia, cuyo prestigio y grandeza se han visto empañados por tan monstruosos actos!». A su juicio, pues, se impone la pena de muerte. Smadja protesta por el poco tiempo –¡y me quedo corto, señorías!– que las autoridades han acordado a los abogados para preparar la defensa de su cliente. Este ambiente deletéreo, prosigue, esta atmósfera gélida, ebria de resentimiento y cólera, no es propicia al examen adecuado del caso; no se puede juzgar a Iveton por los atentados que no ha cometido él, sino por sus actos y solo por sus actos. Smadja habla con voz clara y sonora, sin mover el cuerpo. Se ha demostrado que el local estaba en desuso, como atestiguan varios testimonios, y hay que prestar oídos a la sinceridad de su cliente cuando afirma categóricamente que no quería y tampoco podía, desde un punto de vista material, atentar contra la vida de nadie. Charles Laînné aplaude la intervención y, con su cuerpo macizo de toro de lidia, remacha la defensa: «Por una vez estoy completamente de acuerdo con la acusación. El delegado del gobierno ha dicho que el prestigio de Francia está en juego. ¡Francia es el país del derecho! La atmósfera que rodea el juicio que se les ha encomendado es pesada, triste, es una atmósfera de luto por unos actos atroces que exigen la máxima severidad por parte de la justicia. Pero para que la justicia sea tal y llegue a buen puerto no puede naufragar en los escollos que encuentre en su camino». Susurros en la sala. Algún abucheo. Laînné se embarca a continuación en un ataque improvisado al Partido Comunista, que ha instrumentalizado a su cliente, a ese buen muchacho, ingenuo en demasía, armado sobre todo de buenas y bellas intenciones. El abogado sabe del feroz anticomunismo del tribunal y las autoridades y cree que el argumento podría pesar en favor de las circunstancias atenuantes. Fernand se sorprende del alegato. Nunca se ha reunido con el tal Laînné, pero Smadja le ha dicho en más de una ocasión que es un abogado conocido y respetado por sus colegas. Sin duda sabe lo que hace... Laînné apela entonces a la clemencia de los jueces: sí, Iveton debe ser castigado, pero es indispensable que siga con vida para expiar su falta (al oír el verbo *expiar*, Fernand se acuerda de que Smadja le había descrito a su eminente colega como un cristiano ferviente). Con todo, sería una pena que la gente creyera que actuó bajo la influencia de alguien; Fernand toma la palabra por última vez y, pausadamente, explica de nuevo que no podía permanecer insensible al triste destino de *su* pueblo, que es el de los árabes y los europeos unidos. «Tenía que tomar parte en su causa. Pero nunca, repito, nunca, ni que me hubiesen obligado, habría participado en una acción que entrañara la muerte de seres humanos.»

El tribunal anuncia que se retira para deliberar y emitir su fallo.

El abuelo ha debido de imaginar que eran pareja: no hay más que una cama, y ningún colchón en el suelo. Hélène y Fernand no dicen nada, pero no dejan de pensar en ello. Ella se suelta el pelo y él se desata los cordones de los zapatos. Si quiere, puedo dormir en el suelo, dice él, no está muy duro y tengo buena espalda. No sé, como mejor le vaya, me sabría mal que pasara una mala noche... No, por mí no se preocupe, de verdad, que estoy curado de espanto. Hélène sonríe por toda respuesta. No se atreve a confesarle que lo preferiría a su lado, bajo esa manta tan áspera. ¿Se lo tomaría a mal? ¿No sería prematuro cuando ni siquiera se ha atrevido a tutearla? Fernand no se quita el jersey por temor a parecer demasiado atrevido. Coge una de las dos almohadas y saca un edredón del armario para acolchar una parte del suelo y cubrirse con la otra. Hélène sale al pasillo para lavarse los dientes. La luz de la habitación está apagada cuando vuelve y se mete en la cama. Buenas noches, Hélène, que duerma bien. Y usted.

El sol reluce en esquirlas.

La capital arde en saltos de montaje.

Bordean el canal de Saint-Martin por el quai de Valmy. Acaban de darle los resultados del análisis en el hospital: «presencia de bacilos aerobios en el organismo». Es decir, que se trata efectivamente de tuberculosis. Aun así, el médico se ha mostrado muy confiado y le ha asegurado que su estado no reviste gravedad (tos, leve pérdida de peso, pero sin expectoración sanguinolenta) y que si sigue el tratamiento hasta el final se curará sin problemas. ¿Cuánto tiempo va a quedarse en Francia?, le pregunta Hélène. Aún no lo sé, puede que unos meses, todo depende de la evolución de la enfermedad. ¿No echa de menos Argelia? A ratos, responde Fernand. No cuando estoy con usted, en todo caso. Ella enciende el cigarrillo que lleva unos segundos retorciendo entre los dedos. Fernand no aparta los ojos de sus muñecas. Sus largos dedos, finos, gráciles. La carne blanca y muelle. El papel del cilindro entre sus labios. El humo serpentea, casi vertical, luego se despliega en volutas azules. No le ve la lengua, sí los dientes claros. Ella exhala una segunda bocanada por la nariz, algo abombada en el centro, sí, eso ya lo había observado. Su silencio le incomoda. ¿Sabe?, dice, mientras ella se lleva el cigarrillo a la boca por tercera vez, al ver esos pájaros ahí, en el árbol, me da por pensar en un juego de cuando era niño, un juego la mar de extraño, si bien se mira: tratábamos de cazar gorriones con palos untados de cola, corríamos tras ellos o los acechábamos con disimulo, sin hacer ruido, aguardando el momento propicio para acercar el palo e inmovilizarlos con la cola. El rostro de Hélène se contrae en una mueca de asco. Sí, es verdad que no éramos muy avispados. Éramos unos críos, unos mocosos miserables. Luego los metíamos en jaulas y les poníamos nombres. Hélène no se apea de su silencio. ¿Le pasa algo, Hélène? ¿Son mis historias, que...? No, no, nada de eso, no se preocupe, solo pensaba, y espero que no se moleste, que le he estado ocultando algo, o al menos no se lo he dicho: yo... tengo un hijo, un hijo de trece años, se llama Jean-Claude.

Se han detenido junto a una esclusa, frente al Hôtel du Nord. El follaje tamiza el cielo. Unas mosquitas pululan entre los pliegues de la luz. Las ondas verdes rompen en serpientes amarillas contra la piedra cubierta de musgo. El aire es acre, húmedo, tiene algo pútrido. El fluir del agua amortigua los ruidos circundantes y por un momento los transporta muy lejos de la ciudad. Levantan la voz. Un hijo, sí. A Fernand le sorprende más la omisión que lo que esa omisión implica. No sé, continúa ella, una mujer sola con un niño es algo que está mal visto, supongo que me daba miedo que me juzgara, ya sé que es una bobada, pero... Fernand le pregunta si puede darle una calada a su cigarrillo. No habrá fumado más de tres o cuatro veces en su vida. Reserva el tabaco para los grandes acontecimientos. Se echa a reír. Se divorció de su marido –un suizo, la interrumpe Fernand, sí, un suizo– cuando Jean-Claude no tenía más que ocho meses, para empeorar las cosas... Me casé con él para irme de casa, pero no estábamos hechos el uno para el otro. Tenemos un hijo en común, básicamente, eso es todo. No es poca cosa, dice Fernand, tendiéndole el cigarrillo, que ella se lleva a los labios. Él a su hijo no lo ha visto crecer, ni siquiera sé si cabe decir que es su padre. La separación fue... bueno, digamos que hubo muchos gritos y una cacerola estrellada contra una puerta. Fernand vuelve a reír. El cigarrillo se ha consumido. Hélène lo arroja a la carretera, a su derecha. Fernand la mira, entornando los ojos, y adoptando un aire serio, exageradamente serio, dice: hay algo que me preocupa más que esa historia del niño secreto, y es el cigarrillo. ¿Cómo? Mis bacilos aerobios, mis traviesos bacilillos, ¿no cree que podrían ser contagiosos? Apuesto a que le acabo de endosar mi tuberculosis y, a juzgar por el tamaño de sus muñecas, no creo que tenga muchas posibilidades de sobrevivir. Hélène se parte de risa. No seas idiota. *Seas*, ha dicho *seas*, piensa en el acto Fernand. Los dos se miran, como quinceañeros. Vamos a buscar algún restaurante por aquí cerca, propone él, ¡empiezo a tener un hambre de lobo!

Hélène hojea *L'Humanité* tumbada boca abajo, con las piernas cruzadas envueltas en unas medias grises. Fernand, sentado al borde de la cama, lustra sus zapatos. La habitación huele a tabaco frío. Cuatro colillas en el cenicero de porcelana resquebrajada, sobre la mesita de noche. Ella lleva una falda de rayas horizontales. Cuando él vuelve un poco la cabeza hacia la izquierda, no ve de ella más que la parte baja de la espalda, las piernas, los pies descalzos. Ha dejado sus zapatos de tacón plano junto a la puerta. El uno al lado del otro, delicadamente. Puede adivinar con facilidad el arco de su cadera, que curva el tejido de rayas rosas. Los volúmenes firmes de la piel, en su plenitud animal. Fernand distingue el contorno de su ropa interior. Sacrílegas líneas de fuga. Ella permanece inmóvil, con las piernas flexionadas en un ángulo recto perfecto. Acaba de pasar una página del periódico. ¿Estará leyendo de veras o fingiendo leer?

Fernand deja en el suelo el zapato y el trapo empapado de betún negro. Se limpia las manos en un pañuelo que saca del bolsillo del pantalón. Luego se vuelve hacia ella o al menos gira el cuerpo para ocupar su lugar, sentado, la espalda contra la pared y las piernas estiradas frente a él. ¿Qué lees? Nada, bueno, sí, un artículo sobre el in-

71

tento de golpe de Estado en la RDA, así lo describen en todo caso. Se endereza y le enseña el artículo en cuestión: se ha declarado el estado de sitio y los contrarrevolucionarios a sueldo de Occidente siembran el caos en Berlín Este. De eso no estoy muy enterado, dice Fernand. Propaganda, como en Polonia, cuentos chinos, zanja Hélène, apoyando la espalda contra la pared. Se ajusta la almohada para estar más cómoda y extiende las piernas, en toda la insolencia de sus rodillas y pantorrillas, paralelas ahora a las de Fernand. Es preciosa, tanto que le duelen los ojos del miedo que le da verla marchar, perderse, acabar en brazos de otro. La luz de la habitación orla el círculo de su pómulo derecho. Un ovillo de seda rosáceo.

Fernand mueve la mano lentamente y le roza el antebrazo.

Ella no se mueve.

Se deja hacer.

Se ordena al tiempo que se calle. Un perfume como en suspenso. Con el dedo corazón le acaricia unos centímetros de piel, acercándose poco a poco a la muñeca. La punta del hueso. Un poco de vello rubio, muy fino. Ella acerca su cara a la de él y tiende los labios bajo el poblado bigote de Fernand. Un nudo húmedo de lenguas. Él le pasa la mano por el pelo, la rodea con sus brazos fuertes, acerca el torso enjuto al de ella, sirena de las aguas del Este. Sus piernas se trenzan sobre el áspero algodón. La lengua de Fernand no deja de buscar la de ella, ahondando en su boca, ansiando su saliva. Ella desabrocha a tientas la hebilla de su cinturón. Un tintineo de metal gris. Pasa luego la mano por la pana, palpa a través de ella su sexo, que sabe repleto de sangre. Presiona aún más fuerte. Agarra el miembro entero bajo las costuras. Le pregunta si «puede». Solo esa extraña pregunta, nada más. Fernand

72

asiente. Advierte entonces que está temblando. No es una oscilación leve ni una vibración que solo él pueda percibir, no; está temblando de verdad. Hélène le desabrocha los pantalones y trata de bajárselos; a Fernand no le queda más remedio que ayudarla. Ella le coge el sexo con la boca. Su cara va y viene, por lo poco que alcanza a verla, oculta bajo la rubia melena suelta. Ella parece darse perfecta cuenta de lo que está sucediendo, mientras que Fernand se siente casi transportado, arrancado de sí. La lengua de Hélène recorre la longitud de su sexo ardiente. Luego se hunde de nuevo como una aspiradora, una boa.

Ahora la penetra.

Fisura cálida y empapada. Grieta sublime en el muro de la mujer que se ofrece. Ella cierra los ojos, mientras se agita su respiración. Pronto jadea, gime. Tendida boca arriba, con los muslos abiertos, apretados contra él. Fernand no se ha quitado la camiseta. Sus hombros desnudos, sus pequeños senos sacudidos. Una mancha en una de las clavículas. Fernand hunde la cabeza en su cuello, bebe su olor a grandes sorbos, qué locura, qué locura de cuello, su cadera golpea cada vez más fuerte contra el fondo de toda esa belleza.

Van a dar las cinco de la tarde. Los jueces reaparecen en la sala. Roynard, el presidente del tribunal, toma la palabra: A Fernand Iveton, aquí presente, se le condena a la pena capital. La sentencia cae como la cuchilla que augura. Fernand baja la mirada mientras el clamor de los europeos de Argelia se eleva entre el público. Aplausos y bravos. Embriaguez y despliegue de dentaduras. La Justicia saborea su triunfo. Hélène se contiene para no romper a llorar. Se muerde el interior de las mejillas para no brindarles el espectáculo de su derrota. A los vampiros no se les tira carne fresca. Luego toma la mano de su suegra para instarle a hacer lo mismo. Las palmas suenan, el público se alboroza como un único cuerpo seboso. Fernand, por su parte, no tiene ganas de llorar. La tortura lo ha secado por dentro: tiene el alma desierta, despojada de toda emoción. Sus abogados lo miran, visiblemente decepcionados. El presidente llama a la calma y ordena al público que desaloje la sala de forma ordenada y respetuosa. Ella trata de cruzar una mirada con su amante, pero él mantiene la suya gacha, clavada en ese suelo sobre el que Hélène apenas se sostiene derecha. Verla sería demasiado doloroso, eso lo sabe.

74

Dos agentes se lo llevan; él no se da la vuelta.

La muchedumbre se dispersa y Hélène se deja llevar por los flancos, tratando en vano de mantener la vertical. Le tiemblan las piernas, la cabeza le da vueltas, se apoya en los brazos de Pascal y su mujer. Ya lloraremos en casa, repite sin cesar, aquí no. Aquí no. Se quedan unos minutos en la acera. Algunas personas reconocen a la mujer de Iveton. Ella los ignora. Un furgón celular enrejado pasa a unos metros de ellos. Sin detenerse, claro. Hélène y Pascal agitan las manos con la esperanza de que Fernand los vea, pero es inútil, porque él, sentado en la banqueta del furgón, sigue mirando al suelo. Sus abogados le han comunicado que dispone de un día para interponer un recurso de casación, cosa que piensa hacer.

Es trasladado a la celda n.º 1 de la primera galería de la prisión de Barbarroja. Solo. Ahora es un CAM, un condenado a muerte. La celda es gris, por supuesto, ¿de qué otro color podría ser? Un jergón y una letrina. Un extraño olor, imposible de definir y describir, acre y esponjoso. Sin embargo, no se puede negar que la celda está limpia. Húmeda, eso sí, y es probable que sea eso lo que le confiere ese olor escurridizo, pero limpia. Le han dejado su ropa. Se sienta en el delgado colchón. Una vez disipados los gritos y las muecas, Fernand comienza a percatarse de la situación en que se encuentra: el poder está decidido a ejecutarlo. Sin embargo, él no ha matado a nadie. No tiene ningún sentido. Las autoridades se están dando ínfulas, eso es todo. Se han marcado un farol para dar ejemplo, pero no podrán mantenerlo hasta el final. Imposible. Francia no es un Estado absolutista, después de todo. En su fuero interno, Fernand tiene que admitir que su preocupación no va más allá. Seguro que sus abogados se las apañarán para restablecer cierto equilibrio de fuerzas.

Quién sabe, además, si las almas justas de la metrópoli no acabarán por movilizarse. Se pasa la mano por el pelo que ya no tiene. Qué sensación más extraña, la de tener el cuero cabelludo al descubierto. Piensa en Henri, en Henri Maillot, su hermano. Dos años menor que él. Su hermano de infancia y de espíritu. ¿Qué importa la sangre? Nada, es solo el resultado palpable de un azar. Tiene que mantenerse firme, tiene que hacerlo por Henri. En pie, firme, como lo estuvo su hermano hasta el final, hasta que las balas de los soldados de la Guardia Nacional lo abatieron después de que él, el desertor, gritara: «¡Viva el Partido Comunista Argelino!». Fernand conoció a Henri de niño. Sus familias vivían a pocos metros de distancia en el barrio de Clos-Salembier. Sus madres eran ambas españolas y católicas y sus padres, comunistas: desde el principio su amistad tenía algo de fraternidad. Y, sin embargo, no se parecían. Cabía afirmar incluso, como solían hacer sus respectivos padres, que eran diametralmente opuestos: uno, Fernand, era de estatura media y el otro, esbelto; uno tenía los rasgos marcados, de madera sin desbastar, y el otro los tenía finos, de piedra pulida; uno era bromista y el otro, retraído; a uno le gustaba cantar y bailar y al otro, el silencio y la concentración. Henri pensaba más que hablaba; amaba al prójimo sin hacérselo saber y, sin ser muy consciente de ello, tenía las palabras por bienes escasos que no podían malgastarse en vano. Iba siempre al grano, depurando el excedente, podando las excrecencias, evitando los excesos, sorteando los tiempos muertos, las vaguedades y los rodeos: Henri expresaba en diez palabras lo que Fernand decía en otros tantos minutos...

Hélène acaba de desplomarse en el patio de su casa, deshecha en sollozos. Pascal la ayuda a levantarse. Ella grita y se agarra a la camisa blanca de su suegro, que, siempre tan recatado, apenas se atreve a abrazarla. Le da unas torpes palmadas en el hombro y le susurra que todo se arreglará, que algo se les ocurrirá a los abogados, que no van a dejar tirado a su hijo, que encontrarán la manera de sacarlo del atolladero, sí, que todo se arreglará. Hélène, con la cabeza apoyada en el ancho torso de Pascal, se rasca nerviosamente los antebrazos y es presa de espasmos. Incapaz de controlarse, se echa a temblar. Su suegra la coge de la mano y, con ternura, le ruega que entre en casa. Una vecina asomada a la ventana no pierde ripio.

La noche entre rejas no es digna de sus súbditos.

Una sopa gris con grumos de estrellas cansadas.

A Hélène le ha faltado tiempo para obtener un permiso de visita. Unas cincuenta personas hacen cola para hablar con sus familiares. Muchos son árabes o cabileños. Uno de ellos, un chico joven, reconoce a la señora Iveton, la mujer del periódico, ¡la mujer del periódico!, y ya se oyen los aplausos. Dos mujeres con velo le presentan sus respetos agitando las manos hacia el cielo. Otras la invitan a pasar delante de ellas, apártense, apártense, que es la mujer de Iveton, بـارك الله فيـك, ¡déjenla pasar! Llega Fernand. Esposado. Dos rejas se alzan entre ambos en el locutorio. Un funcionario se ha apostado un metro detrás de él. Hélène no necesita ponerse guapa para estarlo, pero lo está aún más y Fernand sabe que, pese a las ojeras y el cansancio que lleva en el semblante, ha hecho lo que ha podido para gustarle aún más de lo que ya le gusta. ¿Cómo estás? Bien, estoy bien. No te preocupes. Les he pedido que no me dejen solo en la celda, el tiempo pasa demasiado lento a solas, es un infierno estar entre esas cuatro paredes de la mañana a la noche... Han accedido a mi petición y me han mandado hace un rato a dos muchachos, se llaman Bakri y Chikhi y no sé por qué están aquí, en Barbarroja, pero parecen simpáticos. ¿Y tú qué me cuentas? ¡Me han dicho que estás hecha una tigresa! Se echa a reír. No me extraña... Ya sabes que estoy orgulloso, muy orgulloso de mi pequeña Hélène. El funcionario, al ver que baja la voz, le pide fríamente que hable más alto. Te prometo que haré todo lo que pueda para obtener el permiso de visita semanal: creo que el director de la cárcel me respeta, el otro día me recibió en su despacho por la cuestión del paquete de ropa, sí, la prensa decía que andabas sucio y hecho un pingajo, qué panda de cabrones, perdón, perdona que hable así... Por cierto, ¿qué dicen hoy los periódicos? Todo el mundo habla de la sentencia. ¿Y en Francia? Tu *Humanité* sigue yendo con mucha cautela, se diría que no quieren mojarse. Los incomodas. Unas pocas líneas fuera de portada, nada más. Y *Le Monde* también te dedica unas frases... «El terrorista Fernand Iveton», etc. Fernand guarda silencio. Le gustaría poder tocarla, tocarle la cara o las manos, pero el hierro estría la piel amada. La visita ha terminado, dice el funcionario. Ella le dice que le quiere, se lo dice y le sopla un beso desde su mano enrejada.

La puerta de la celda se ha abierto mientras charlaba con Bakri. Por ella entra un hombre de traje oscuro, escoltado por dos funcionarios. Bastante calvo, con la cara alargada y los ojos vidriosos. La puerta vuelve a cerrarse. El hombre le tiende la mano a Fernand: Joë Nordmann. Luego saluda a sus compañeros de celda con una inclinación de la cabeza. Acabo de llegar a Argel, la CGT[1] me envía para que me ocupe de su defensa, pues tengo entendido que era usted uno de sus delegados. Me han encargado que asista a los dos abogados que ya están a cargo de su

1. Confédération Générale du Travail. Sindicato obrero francés. *(N. del T.)*

caso. Le confieso que aún no conozco todos los detalles de su expediente, pero ha de saber que no he vacilado ni un segundo cuando me han propuesto su defensa. Fernand le escucha en silencio. La atmósfera que se respira allí fuera es siniestra, supongo que estará usted al corriente. Me disculpará la expresión, pero esto apesta a pogromo. Todo el mundo quiere lapidarlo. Su recurso de casación, añade enseguida, será revisado por el tribunal militar el lunes que viene. Bakri, sentado al borde de su jergón, le pregunta al abogado qué pasará con Fernand si el recurso fracasa. Nordmann se vuelve hacia el preso y, con la desenvoltura oratoria que parece caracterizarlo, le responde que en ese caso no le quedará más que un solo y último recurso: el indulto del presidente René Coty en persona. Silencio en la celda. Fernand le pregunta si se ha reunido ya con sus dos abogados, Laînné y Smadja. No, aún no, los veré esta tarde. Tenga confianza, haremos todo lo que esté en nuestra mano para sacarlo de esta. Aún no podemos descartar ninguna posibilidad, y le aseguro que voy a hacer de todo esto un asunto personal: yo también soy comunista. Su rostro permanece inmóvil, perfectamente inmóvil, mientras le dice esto; el abogado no es en absoluto ajeno a las complicidades inmediatas que entraña esa palabra.

El almuédano desgrana su arenga en la noche que cae sobre la cárcel de Barbarroja.

Bakri y Chikhi rezan en el suelo, arrodillados sobre sendas sábanas dobladas para la ocasión. Tumbado en su jergón, Fernand los va mirando mientras hojea el periódico que Nordmann le ha dejado antes de marcharse. Luego lo aparta y coge los escasos folios que ha podido obtener de la dirección. «Mi querida niña...» Sus compañeros se enderezan y vuelven a sus camas. «Te escribo hoy mi primera carta como recluso y espero que eso no te conmueva mucho, porque no es lo que busco. Hoy he recibido el pedido del economato, donde podemos procurarnos todo lo que permite el reglamento interno, pues no tengo derecho a recibir alimentos del exterior. Pero no pasa nada: la comida es pasable, y con el poco dinero que llevaba encima al entrar voy a poder regalarme. La moral está bien alta, como puedes ver. Espero que también lo esté allá en casa.» Bakri y Chikhi serán liberados pronto, le cuenta: no son CAM. «Salgo al patio dos veces al día durante una hora, a no ser que llueva. Espero que hayáis podido recuperar mi ropa en el trabajo y que no os hayan puesto muchas trabas. Estoy muy orgulloso del valor que estás demostrando, mi niña, y te pido que mantengas la calma y no respondas a ninguna provocación, porque sería contraproducente. También quería pedirte que, si no lo vas a echar en falta, me hagas llegar algo de dinero para el economato. En fin, espero que los vecinos no se estén portando muy mal contigo; si te hablan, salúdales de mi parte y diles que tengo la moral por las nubes.» Chikhi juega al solitario, parece, con las cartas extendidas frente a él. Una larga silueta huesuda con perfil de halcón. Apenas ha pronunciado palabra desde que llegó. Chikhi es misterioso a pesar suyo; no es que cultive el secretismo, pero no deja entrever nada de lo que piensa. No es contención, ni mucho menos timidez, sino una especie de hermetismo visceral: un instinto oculto, una desconfianza de presa acorralada. «Voy a terminar la carta mandándote mucho ánimo, con un abrazo de corazón y un hasta pronto. Dales un abrazo fuerte a mis padres y diles que no desesperen. Fernand.»

La luna no es más que una pestaña de plata contra un muro negro.

Y Henri yace en algún lugar bajo esta tierra. Seis meses sin ti, hermano mío.

80

Un viento sin ruido sopla en Annet.

El Marne se demora entre dos colores. Tres viejos robles dan sombra a la casa familiar de Hélène, es decir, la de su madre, Sophie. Tejas rojizas y ladrillos viejos. En los establos hay gallinas, conejos, palomas y cerdos. Fernand saluda a Louisette, la hermana de Hélène, y luego a Jean-Claude, su hijo, con un fuerte apretón de manos. Es alto, más alto que Fernand, y lleva una camisa beis de manga corta. Una densa pelambrera castaña. La nariz voluntariosa y los labios finos. No tiene los pómulos de su madre, piensa Fernand en el acto, ni sus rasgos eslavos. Hélène lo ha invitado a pasar este fin de semana en su casa quince días después de volver de París. Sabía que eso equivalía a oficializar la relación, por reciente que fuera, y sabía también que el gesto podía tener consecuencias para Jean-Claude, al que siempre había mantenido a distancia de los pocos hombres que había conocido desde su divorcio. Romances, en alguna ocasión; historias sin mucha historia, en general. Pero esta vez, pese a no tener forma de explicarlo, ni de explicárselo a sí misma probablemente, presentía que Fernand no sería uno de esos hombres. A él aún no se había atrevido a confesárselo, pero no le cabía la menor duda: se estaba enamorando.

Fernand se presentó con dos botellas de vino blanco y un ramo de lirios. No les digas que eres comunista a la primera de cambio, ¿prometido? Después de lo que le ha pasado a mi padre en Polonia, caería como un jarro de agua fría. Él asintió, claro, antes de besarla a unos metros del portal. Jean-Claude entendió enseguida que aquel señor de extraño acento, con su bigote y su tez morena, era más que un amigo a ojos de su madre; nunca la había visto mirar a alguien de esa manera, con ese brillo en la mirada y esa sonrisa. Mamá, dice Hélène en el salón mientras Louisette pone la mesa, Fernand tiene el mismo saque que Jeannot, vas a ver, ¡un verdadero glotón! Sophie, envuelta en su delantal, le pregunta si come de todo. De todo, señora, ¡absolutamente de todo! Y he de decirle que la comida francesa me vuelve loco.

Se siente a gusto de inmediato en esta familia que no es la suya; la esperanza añade un *todavía*: puede que algún día sí lo sea. Hélène está más indecisa y menos firme que de costumbre. Aquí no es solo una mujer, sino una hija, una madre y una hermana; no es un bello átomo caído del cielo, sino que revela sus raíces. Fernand sabe ahora que tendrá que quererla en plural, junto con la gente a la que ella quiere.

En la mesa, Sophie le pregunta por su juventud y por el barrio de su infancia. Yo fui un niño como el resto, señora, de los que juegan al fútbol con sus amiguitos y se pelean en cuanto los adultos les vuelven la espalda. Jugaba a las canicas con huesos de albaricoque, a falta de nada mejor, y rompía las farolas de gas con el tirachinas. Creció, le cuenta, en un barrio árabe, musulmán, con muy pocos europeos. Era prácticamente como vivir en un pueblo, y las escapadas a Argel, tan próxima a vista de pájaro, tenían algo de aventura. Fue su padre, Pascal, con su mono de trabajo y su gorra de siempre, quien construyó su casa. Los sábados y los domingos todos se remangaban para echarle una mano y Fernand se encargaba del mortero. La gente vivía revuelta, en el mercadillo, en los baños árabes, los europeos y los judíos, las puertas abiertas por la noche, las mujeres con sus velos blancos, supongo que lo habrá visto usted en alguna postal, las bodas y las circuncisiones a las que el barrio entero estaba invitado, sí, la verdad es que nos lo pasábamos bien, y bien que se lo siguen pasando. Fernand tiene un muy buen recuerdo de su infancia: no andábamos sobrados de dinero, desde luego que no, pero nos las apañábamos. Y el sol, señora, el sol, es un alivio saber que anda siempre allá arriba, que casi nunca está de morros, llámeme Sophie, por favor, pues es digno de ver, Sophie, el cielo y el mar son allí como un solo cuerpo gigantesco, en pie, desnudo, azul de pies a cabeza. Así que, bueno, cuando uno se ha criado así, es muy duro ver que su país se niega a progresar, es duro ver que quienes lo dirigen cierran los ojos a la realidad, a las miserias pequeñas y a las grandes, a los árabes que piden igualdad y reciben a cambio un porrazo o un disparo. Sophie le interrumpe para preguntarle si es comunista. Fernand baja la mirada y luego la vuelve hacia Hélène, ¿por qué me lo pregunta, Sophie? Oh, por nada, es que he oído a muchos comunistas hablar como usted, y me he dicho que... Mi padre era comunista. Trabajaba para la compañía de gas de Argelia y participó en la huelga durante la guerra, así que el gobierno de Vichy lo puso en la calle, así, de un plumazo. Por eso yo dejé la escuela antes de hora. Espero que no me encuentre demasiado tonto, por cierto, con lo bobalicón que soy y con todos esos libros que tiene en el salón... Sophie sonríe y responde que le gustan las novelas, que las devora cuando el trabajo le da un respiro, pero que son gente sencilla, campechana (Fernand se acuerda de una conversación en la que Hélène le contó que su madre, nacida en una familia acomodada, rompió con su entorno para irse con el proletario de su padre). Por eso dejé los estudios, porque despidieron a mi padre y había que ayudar en casa; así que me hice tornero. La madre parece apenada, sinceramente afectada por la historia de su huésped. Al verlo, Fernand se echa a reír: ¡no ponga esa cara, que tampoco le estoy hablando de *Los miserables*! Además, como a mi madre no llegué a conocerla, como quien dice, ¡yo era el niño mimado de todas las mujeres del barrio!

Fernand aprovecha la hora del paseo para desentumecer las piernas. Relee la carta de Hélène que ha recibido esta misma mañana. Ella intenta tomárselo con toda la calma posible, pero la espera del veredicto del tribunal le resulta insoportable. René Coty, según le dice, ha indultado a dieciséis «terroristas» condenados a muerte en los últimos cinco meses; hay que aferrarse a eso, aunque el recurso fracase. Sabe que el correo se revisa y se censura, y se expresa en consecuencia. La vida sin él le parece insufrible. Le quiere tanto, tanto.

Los tres presos han conseguido agenciarse un juego de damas, al que consagran ahora parte de su tiempo, el que suelen tener «libre» entre las comidas, los paseos, el aseo y la lectura. Es martes, 4 de diciembre, y Fernand no deja de pensar en sus abogados, que presentaron ayer sus alegaciones ante el tribunal y de los que sigue sin noticias. El tiempo pasa y arrastra consigo el optimismo –si es que esa es la palabra, considerando que su cabeza pende de un hilo– de los primeros momentos. Empieza a dudar de que los jueces respondan favorablemente a su recurso. Pero «me dispongo a esperar que llegue ese indulto, con confian-

85

za», le escribe a Hélène. «Los hay aquí que llevan casi dos años esperando, eso me da ánimos.» La abraza fuerte, de todo corazón, y le pide que cuide de Tití. Se acuerda de lo mucho que le sorprendió, en los primeros meses, ser capaz de encariñarse así, tanto, de esos cuatro kilos de pelo mudo; los animales no formaban parte de su vida cotidiana ni, por ende, de su existencia: ocupaban en silencio un territorio al margen del mundo humano, un territorio que él nunca se había propuesto visitar. No se le hubiera ocurrido hacerlos sufrir, pero no sabía nada de ellos ni tenía la menor intención de remediarlo. Al poco tiempo Tití lo seguía a todas partes, incluso al baño, se le subía a las rodillas y hasta a la nuca, dormía sobre su ropa o entre los cuadernillos esparcidos sobre la mesa de su habitación; sonríe ahora al recordar a Tití, maullando las mañanas en que Fernand y Hélène se permitían unas horas de más en la cama; como le gustaba decir a Hélène, Tití era un gato que se creía un perro, con cariño para dar y tomar.

Miércoles. ¿Qué estarán haciendo Smadja y Laînné? ¿Por qué no vienen a verlo? ¿Y Nordmann?

Jueves. Bakri ha ido a la enfermería y Chikhi juega al solitario, sin decir palabra, fiel a sí mismo. Fernand se está cortando las uñas cuando se abre la puerta. Es Nordmann. Su rostro basta como respuesta. Esta vez no se queda de pie, tieso en su papel, y le pregunta a su cliente si puede sentarse en el borde (solo en el borde) de su cama. ¿Sabe?, dice, sin mentar siquiera el fracaso del recurso de casación, porque las palabras son a veces un estorbo, yo estuve en París en marzo del 41, cuando me pusieron en libertad, después del armisticio. Había uniformes alemanes por todas partes, y las fachadas estaban llenas de banderas alemanas. Me habían expulsado del colegio de abogados por ser judío. Así que me pasé a la clandestinidad, con una identidad nueva: me convertí en Jean, ¡auxiliar de farmacia...! No había que anotar nunca ningún nombre, ninguna dirección, ningún número de teléfono. Chikhi ha dejado de jugar: escucha. Durante esos tres años me mudé una docena de veces. Se estará preguntando por qué le cuento todo esto, ¿verdad? En nuestra organización estábamos en contacto con los allegados de los jóvenes resistentes fusilados. Publicábamos su correspondencia en nuestros boletines. Y esta mañana me he acordado de la carta de uno de ellos, René creo que se llamaba, sí, eso es, René, era secretario de la Federación de la Construcción, recuerdo que escribió que él moriría para que el sol brillara sobre «todos los pueblos que aspiran a la libertad». Recuerdo esa carta palabra por palabra. Y al venir hacia aquí pensaba en él, y en usted. La historia es muy cruel... Dicho esto, se levanta y saca un periódico del maletín. *L'Humanité*, tenga. Fernand le da las gracias y lo coge. Hablan de usted. Fernand pasa páginas. Topa con su foto. «Iveton —cuya vida corre peligro— ha expresado ante el tribunal, con nobleza y valor, el punto de vista del Partido Comunista Argelino...» Voy a escribir al presidente del Consejo, Guy Mollet, continúa Nordmann, y trataré de hablar con el ministro de Justicia, François Mitterrand; le prometo que vamos a hacer todo lo posible para sacarle de aquí. Fernand le da las gracias. Y desde el umbral de la puerta a la que acaba de llamar y que el funcionario ha abierto de inmediato, Nordmann le dice en voz baja, con una sonrisa furtiva, que Argelia será libre e independiente tarde o temprano, que no le cabe la menor duda. Y que le permita tutearlo de ahora en adelante.

Fernand no deja de dar vueltas, tratando de encontrar una postura que le ayude a dormir, pero el sueño tiene sus caprichos. Se concentra en su respiración —técnica que le enseñó Hélène, convencida de su sensatez y eficacia pese a la patente perplejidad de su compañero–, intenta vaciar el alma y atender únicamente al ir y venir del aire por el organismo, inspirando y espirando sin pensar en nada más que en la cadencia de su respiración. Pero al fondo de sus pulmones están los aplausos tras la sentencia, los rasgos tan distantes de Hélène y su olor, que sería capaz de reconocer entre mil, por supuesto, pero que ahora le cuesta recrear, captar, atrapar, y está también la preocupación de su padre, su más que probable angustia, aunque no hable de esas cosas, y los amigos, los camaradas, de los que sigue sin noticias y a los que teme haber comprometido por pura flaqueza, por hablar más de lo que otros hubieran hecho... En algún momento se echa a llorar, aunque sin hacer ruido; un reguero de lágrimas silenciosas le parte las mejillas como la noche parte a lo lejos los tejados de Argel.

Hélène está quitando el polvo a los muebles mientras el gato husmea entre sus piernas. Llaman a la puerta. Por la hora, que consulta en el reloj que hay junto al aparador, debe de ser el cartero. Deja el plumero en una esquina de la mesa y abre, después de frotarse las manos en las perneras del pantalón. El empleado postal ha sacado ya el correo del día del zurrón: cuatro cartas. Una es de Fernand. Muchas gracias y que pase un buen día. «Tengo entendido que tienes la moral por los suelos y has perdido toda esperanza, pero déjame decirte que aún no estoy muerto y que espero llegar a viejo al lado de mi pequeña y adorada Hélène, a la que amo con todo mi corazón. Ya ves que soy yo, el condenado, quien he de insuflarte esperanza. Así que, por favor, arriba esos ánimos, como hasta ahora. Mira al futuro con confianza, que ya queda poco, y sobre todo evita la soledad.» Hélène se sienta para acabar de leer. «Y dime, ¿qué es de ese diablillo de gatito? Cuéntame, porque también pienso en él, aún me parece verlo acurrucado en mis brazos mientras leo el periódico. Tienes que comprarte unos zapatos y todo lo que necesites. Hoy he hecho la colada. He recibido también el pedido del economato: media libra de azúcar, un tarro de mermelada, un paquetito de biscotes, dos tubos de leche condensada, un cuarto de mantequilla y cigarrillos. Gracias por el giro. La semana que viene me compraré un par de pantuflas que valen 650 francos. Son más caras que en la ciudad, claro, pero qué le vamos a hacer. Ya ves que conservo la moral bien alta, tienes que hacer como yo.» Hélène piensa en su hijo, que volvió a Francia tras la muerte de Henri. Sabia decisión, sin duda, aunque a veces le pese; en estos tiempos convulsos, su ausencia le apena todavía más. Pero Argelia no era ya lugar para un adolescente... Su sitio está en Francia, sí, eso le parece. El Marne no lleva sangre, al menos... «Tu marido que te quiere y piensa en ti a todas horas.» Otra carta es anónima, como las dos o tres que ha recibido en los últimos días. «Puedes ir adonde quieras, hermana, estás protegida. Destruye esta carta.» No lleva ningún nombre, pero Hélène no duda ni por un instante de que se la manda un argelino. Como las anteriores. Ese apoyo espontáneo la conmueve, la sorprende, la alienta.

Ayer, un musulmán, al que probablemente el FLN consideraba un traidor, fue abatido a pocos metros de su casa.

Fernand, Chikhi y Bakri, escoltados por tres funcionarios, recorren un largo pasillo y descienden por unas escaleras. Por razones que desconocen les han ordenado cambiar de celda: se trasladan de la 1 a la 22. Tres colchones en el suelo. Una bombilla en el techo, muy tenue al encenderse, como es de rigor. A ojo de buen cubero, la celda tendrá unos seis metros cuadrados. En la esquina derecha, al fondo, la misma letrina turca equipada de un pequeño grifo oxidado. Una estantería de madera se sostiene de milagro en una pared. Bakri se lo toma a risa: ¿quieren ustedes un tour por el hotel? Qué maravilla, señores, esto es un verdadero palacio. Fernand sonríe. ¿Por qué no me enseñáis un poco de árabe, muchachos? ¿De verdad te apetece? ¿Y por qué no? No estoy del todo seguro de que me vaya a servir allá arriba si me cortan la cabeza, aunque Alá habla en árabe, ¿no? Bakri se ríe. ¡Seguro que hasta chapurrea el francés, con el mismo acento que tú! Pues claro que te enseñamos, con mucho gusto, ¿tú qué dices, Chikhi? Chikhi, que nunca dice gran cosa, como es preciso recalcar, muestra su aprobación con un leve gesto de la cabeza.

Llaman a la puerta. Tan pronto se abre, férrea, pesada y estridente, Smadja se apropia de ese sujeto indeterminado. ¿Cómo está, Fernand? Vamos tirando, abogado, vamos tirando. Aquí los camaradas me están ayudando a encajar el golpe; nos pasamos el día jugando a las damas, si quiere que le diga la verdad. ¿Usted juega? ¿Se defiende usted, abogado? Smadja no está para bromas. La guerra se recrudece en las regiones del interior, le dice sin preámbulos. Las noticias circulan muy lentas, pero sé de buena tinta que están fusilando a gente en todas partes sin mayor trámite... Smadja se rasca detrás de la oreja derecha. Luego prosigue: el viernes *France-Soir* publicó un retrato de su presunta cómplice, la mujer rubia, asegurando que la habían identificado. Fernand no hace ningún comentario, pero en su fuero interno se ríe de que la policía siga aún tras esa pista falsa y se consuela pensando que Jacqueline está a salvo. También nos han comunicado hoy que el antiguo director de la planta donde trabajaba usted le ha escrito a René Coty, sí, sí, por iniciativa propia, para pedirle el indulto. No hemos tenido acceso a la carta, claro, pero suponemos que habrá alabado sus cualidades profesionales. ¿Y cuándo van a enviar la petición de indulto?, pregunta Fernand. Muy pronto, pero vamos a esperar un poco, por si entretanto se mueve o sucede algo en la Francia metropolitana, algo que agite a la opinión pública o que llame al menos la atención sobre la suerte que le espera a usted. Si la gente se hace eco del caso y se implica, las autoridades no tendrán más remedio que ceder. Hay que establecer a toda costa una relación de fuerzas, hay que ejercer presión. El problema, dice, y de pronto se interrumpe, ¿el problema?, pregunta Fernand, el problema, continúa Smadja, es que los comunistas están divididos y, en lo relativo a su caso, me quedo corto... Va a ser muy difícil agruparlos a todos y lanzar una campaña unánime. Además, el procedimiento del recurso es de por sí bastante trabajoso: hay que reunir tres expedientes, uno para el Consejo Superior de la Magistratura, otro para la Presidencia de la República y un tercero para el Ministerio de Defensa. En el rostro de Fernand se dibuja, sin que él se percate, una mueca de asombro. Todo eso por él... Y usted, abogado, ¿tiene esperanzas? Smadja vuelve a rascarse detrás de la oreja.

· ١ ٢ ٣ ٤ ٥ ٦ ٧ ٨ ٩ ١٠

Fernand lee y relee las diez cifras que Bakri ha escrito en uno de los tres cuadernos que acaba de comprar en el economato de la cárcel, a veinticinco francos cada uno, así como su equivalente en letras latinas, para trabajar la pronunciación: *sifr, wahid, ithnan, thalatha, arba'a, khamsa, sitta, sab'a, thamaniya, tis'a, 'ashra.* No está mal, dice Bakri. Pero te pasa como a todos los blancos, que no saben pronunciar las haches. ¡Las soplas, como una yegua vieja y cansada! Tienen que salir del fondo de la garganta, así, *h*, contrae el estómago, *h*. Fernand lo intenta y Chikhi se parte de risa; tampoco tienes que eructarnos a la cara. Sí, chicos, tomáoslo a cachondeo, pero no tenemos un equivalente de este sonido vuestro, es algo imposible de reproducir con una boca francesa, os lo digo yo. Y nosotros, ¿cómo lo hacemos? ¿Tú crees que tenemos otra clase de esófago? Va, vuelve a empezar, somos todo oídos.

¿Sabes cuánto hace que nos conocemos? Hélène se detiene. Piensa un momento, cuenta con dedos enguantados en cuero barato, sí, claro, qué tonta soy, ¡seis meses! Exacto, dice Fernand, seis meses justos desde que hablé contigo por primera vez. Cómo pasa el tiempo..., dice ella tan solo, mirando al suelo. Tiene las mejillas coloradas por el frío. A su derecha, el camino está repleto de grandes troncos secos. El ramaje parte y resquebraja un cielo sin asidero ni protección: el suave y fluido vientre del invierno. La niebla, a cien metros, refuta el horizonte. Fernand no tiene ningunas ganas de pasar el invierno en Francia. Ha empezado a echar mucho de menos el clima norteafricano. Lo que quería decirte es que lo he pensado bien: me vuelvo. Es un golpe en plena cara. Hacía semanas que Hélène esperaba la noticia, pero no por ello dejaba de temer el momento en que habría de oírla de viva voz. Veía que, cada día que pasaba, Fernand echaba más pestes del «asco de tiempo» de la metrópoli, de la llovizna, el granizo y, desde principios de semana, de algún que otro copo convertido al instante en aguanieve para embarrar vilmente sus infelices despertares. Además, el tratamiento parecía haber surtido efecto, ya no tosía, al menos, y habría sido un desatino quedarse allí a pasar más frío. Lo entiendo, sí, dice Hélène, tienes que volver a casa, algún día tenía que suceder. No me atrevía a sacar el tema, pero era algo que flotaba en el ambiente, por así decirlo, y sabía que algún día tendrías que... Fernand se echa a reír. ¿Qué? ¿De qué te ríes? ¡La cara de comediante que se te ha puesto, parece que hayas salido a escena a hacer llorar a toda la sala! Hélène le da un codazo. Para ya, no me hace ninguna gracia. Qué borrico eres. No te pongas así, mujer, dice Fernand, que tú te vienes conmigo. ¿Cómo? ¿Para qué? ¡Para casarte conmigo! No puedo casarme aquí, dice Fernand, que estoy de baja por enfermedad... Hélène se esperaba oír cualquier cosa salvo *eso*. Pero... pero si yo soy suiza: no puedo casarme así como así, por arte de magia. Eso no importa, ¡esperaremos lo que haga falta!, dice Fernand, con su bufanda granate en torno al cuello. Pero sabes perfectamente que no estoy sola, está Jean-Claude... Lo sé, lo sé, y está todo planeado, ¿qué te creías? Primero tiene que acabar el curso, de todos modos, eso es fundamental: yo me voy primero, busco un piso y, en cuanto encuentre uno, os escribo y os mando dos billetes de avión. Hélène no sabe si darle un beso o una bofetada, morderle los labios o dejarlo ahí plantado por haberla dejado tantos días muerta de angustia, pensando en una ruptura inminente. Te quiero, pedazo de mujercita mía, le dice, estrechándola contra él para besarle el pelo, en lo más alto de la cabeza. Y, además, ¡estoy deseando presentarte a Henri! Los dos nos criamos juntos. La gente lo encuentra frío, pero hay que tener un poco de paciencia. Henri es como un mechero dentro de un cubito de hielo: ¡basta con encontrar la rueda dentada!

Jean-Claude usa el pulgar para rasgar el sobre que su abuela acaba de darle. «Por muy orgulloso que esté de ti, y sabía que podía estarlo, no estoy contento contigo, porque dándote de cabezazos contra la pared o echándote a llorar no te comportas como debería hacerlo un chaval bien plantado. Y déjame que te diga además que has vivido conmigo y sabes lo que es un comunista. La lucha será dura, pero venceremos. A fin de cuentas, no soy el único condenado a muerte.» El adolescente se enfada con su madre, que le habrá contado a Fernand que se puso a llorar cuando se enteró, pero la alegría de recibir una carta de su padrastro pesa más que el reproche. «También a mí me da a veces por llorar al pensar en tu madre y en todos los que estáis ahí fuera, claro, pero yo tengo derecho a llorar, mi niño; tú no. Así que escríbeme para que pueda saber cómo andas de ánimo, cómo va el trabajo y qué dicen tus camaradas.» Jean-Claude no ha olvidado que cuando se marchó de Argelia, dos años después de ir allí a vivir con su madre y Fernand, este le aseguró que era absolutamente libre de pensar lo que quisiera, que no estaba en absoluto obligado a compartir sus opiniones políticas; Jean-

Claude no llegó a entender del todo lo que le decía (su madre solo le había dicho que Fernand quería «la igualdad de todos», pero hay que admitir que aquellas eran nociones un tanto abstractas para el adolescente que era entonces), pero no se le escapó lo esencial: un adulto le autorizaba a manifestar su desacuerdo. Aquel día decidió que el novio de su madre era un buen hombre (a Fernand le gustaba decirle que su madre era su esposa de lunes a viernes y su novia el fin de semana, aunque no captó el significado de aquella fórmula hasta más tarde: los fines de semana, una vez concluidos el trabajo en la planta y las faenas domésticas, podían amarse más gozosamente, con esa felicidad libre y despreocupada que habían conocido en Francia, al principio de su relación).

Un tarro de leche evaporada y dos paquetes de cigarrillos yacen sobre la estantería de la celda. La revista *Bonne Soirée* está abierta sobre el jergón de Chikhi. A ver, hermano, dice Bakri, mientras se hurga en los dientes con una fina astilla de madera, ayer durante el paseo nos preguntábamos, y espero que no te molestes, porque es un poco personal... Fernand, tumbado en su colchón, deja la libreta en la que estaba poniendo al día su contabilidad carcelaria (algo más de mil francos gastados en el economato el 30 de noviembre, casi dos mil el 9 de diciembre). Pregunta, sin miedo. Tú estás casado, ¿no? Sí, claro, ¿por qué? Entonces, ¿por qué no llevas la alianza? ¿Te la han confiscado en la cárcel? Fernand se echa a reír. ¡Vas muy, pero que muy desencaminado! Fue Hélène, mi mujer, precisamente, quien me prohibió llevarla; un amigo suyo perdió un día los dedos, un tipo al que no llegué a conocer, creo que perdió tres dedos en alguna máquina, por llevar la alianza. Y como yo trabajo, o trabajaba, en la planta, mi mujer fue tajante: ¡nada de alianzas! Bakri no sale de su asombro. ¡Caramba, piensa en todo, tu mujer! ¿Has oído eso, Chikhi? Este asiente con la punta de su nariz de gavilán, sonriendo. La cosa derivó en más de una situación chistosa, dice Fernand. Recuerdo que una vez estábamos en un baile y una chica se me acercó mientras yo estaba sentado junto a Hélène, y después de mirarme la mano me preguntó si quería pasar la noche a la orilla del mar. ¿Y qué dijo tu mujer?, pregunta Bakri. Nada, fui yo quien le dije que no podía, que estaba casado, y la chica volvió a mirarme la mano, a lo mejor pensaba que lo hacía discretamente, pero nada más lejos, y luego me preguntó dónde estaba mi mujer. Aquí, a tu lado. Hélène lo encontró graciosísimo. Bakri da palmas, sentado, balanceándose hacia atrás. ¡Me parece que está aún más loca que tú, tu mujer! Y lo digo con todo el respeto, hermano.

En uno de los cuadernos Fernand ha dibujado una hoz y un martillo. En él escribe: «Cuaderno del preso n.º 6101, perteneciente a Fernand Iveton, condenado a muerte el 24-11-56. Indultado el...». En otro ha escrito, de memoria, las letras de las canciones que le gustaba tararear cuando estaba fuera. Así mata el tiempo y de paso, gracias a esas letras ligeras, consigue pensar en otra cosa que no sean esos malditos puntos suspensivos. «Indultado el...» «Kalou», de Yvette Giraud, se la sabe entera y se la cantó una tarde a sus dos compañeros de celda, anteayer quizá, o el otro: el tiempo pierde pie mientras trata de cimentarlo. «Ne ris pas, mon bel amour n'est pas un jeu / Kalou, Kalou / Dans mon cœur, la jalousie brûle ses feux / Kalou, Kalou / Mes désirs n'ont plus en toi d'échos joyeux / Je ne crois ni tes baisers, ni tes serments / Mais tu fais de moi pourtant ce que tu veux.»[1]

---

1. El tema ha dado pie a muchas versiones. Esta podría traducirse así: «No te rías, amor, que esto no es un juego / Kalou, Kalou /

Bakri se puso a aplaudir, Dios, qué cosa más romántica, hermano, ¿fue así como sedujiste a tu mujer? Y Chikhi, con una voz de una belleza sorprendente, pensó Fernand –como si, por algún motivo, la voz debiera tener cierta afinidad con el rostro del que procede, porque hay que decir que aquel rostro en concreto era de una fealdad asombrosa–, entonó una canción tradicional cabileña. Su voz era grave y profunda, cálida, y tenía algo infinitamente trágico.

El capellán de la cárcel se presenta, después de entrar en la celda, como Jules Declercq. Tiene cincuenta años largos, la espalda recia y la barba montaraz. Bajo sus ropas se intuyen miembros gruesos y huesos que no tiemblan jamás. Las manos, velludas, le dan un aire más de leñador que de cura. Fernand se sorprende de la visita. El capellán le cuenta que le intrigaba la presencia, entre estos muros, de un europeo que al parecer se encuentra a las puertas de la muerte (Declercq lo dice así, sin tapujos, como si se tratara de un simple estatus, de una vulgar precisión administrativa). Los días son largos aquí, con el Señor o sin él, y Fernand, tras sopesarlo un momento, acepta la propuesta desinteresada de su interlocutor: hablar por hablar, por el mero placer de intercambiar opiniones. Vendrá tres veces más, durante la semana, con la misma sonrisa bajo su nariz de boxeador. El capellán fue un cura de campo, conoce la tierra y sus miserias, los rincones más remotos y olvidados, lejos de las ciudades y del Progreso que traen; ha visto con sus propios ojos lo que Camus contaba en sus reportajes de *Alger Républicain* después de haber visto, con los

---

En mi corazón arden los celos / Kalou, Kalou / Mis deseos ya no tienen en ti ningún eco / Ya no creo en tus promesas, ni en tus besos / Y aun así haces conmigo lo que quieres». *(N. del T.)*

suyos, las tremendas desigualdades educativas y salariales del país... Esperará a la cuarta visita para confesarle a Fernand que en el fondo de su alma ha hecho suya la causa de la independencia de Argelia, pero que su función pública le obliga a ser prudente a la hora de expresar sus sentimientos más íntimos... Por su parte, Fernand le confiesa que está preocupado por Hélène: ¿cómo se las arregla sin los ingresos de su marido, ahora que la han despedido de su trabajo? Sabe por sus cartas que ha ido vendiendo alguna cosa, pero teme que le esté ocultando la gravedad de la situación, para no alarmarlo. Declercq le promete que irá a su casa para informarse.

Joë Nordmann llega unas horas más tarde con noticias: la secretaría de la Federación Nacional de las Industrias de la Energía Eléctrica, Nuclear y Gasística ha ordenado a los líderes de las secciones sindicales bombardear a René Coty con telegramas y peticiones exigiendo el indulto inmediato de Iveton; las mujeres parisinas y los trabajadores del gas de la rue d'Aubervilliers han mandado sendas peticiones al Elíseo; una sección de la CGT ha enviado un telegrama a Coty. ¿Y nuestra prensa?, pregunta Fernand. El abogado modera su sonrisa: nada. Ni una palabra en *L'Humanité-Dimanche* y *La Vie Ouvrière* tampoco dice ni pío, nadie se quiere mojar... Bueno, sí, en *L'Humanité* siguen hablando de ti y exigen tu liberación, pero en un artículo fuera de portada que no destaca lo suficiente... ¡Qué mierda! Es el primer taco que le oye soltar al abogado. No te preocupes, Joë, que todo acabará bien. Coty me indultará, seguro. ¡Si no logré desatornillar un perno ni romper una baldosa! Partiendo de esa base ¿cómo van a cortarme la cabeza? Yo no entiendo de leyes, pero jurídicamente no tiene ningún sentido. Nordmann le da la razón. Sí, en teoría tu caso es fácil de defender, pero llega en mal momento. La guerra y la ley nunca han hecho buenas migas. Es el estado de excepción, dicen... En cualquier caso, he conseguido una cita con el asesor técnico de Mitterrand y con el director de Asuntos Penales e Indultos. ¿Y cómo va con Smadja y Laînné?, pregunta Fernand. Pues no estoy muy seguro, si quieres que te diga la verdad, a veces me da la impresión de que preferirían ir por libre. No siempre estamos de acuerdo sobre la línea de defensa más eficaz, pero todo acabará por volver a la normalidad, tú no te preocupes.

Navidad.

El Cristo en pañales, rosa y llorón.

Tres decenios más y el Hombre le hará pasar por los sinsabores de los demás.

«Te escribo estas líneas para que sepas lo mucho que he pensado en ti en este día. He estado un poco alicaído, pero ya estoy mejor y vuelvo a tener la moral bien alta.» El correo ha traído una nueva carta de Fernand. «Aún conservo la esperanza, esperanza no me falta, porque no maté a nadie ni tuve la menor intención de hacerlo, como demuestra mi expediente; espero que en Francia puedan estudiar el caso con la cabeza fría.» Hélène hace una pausa y reanuda la lectura. «Dulce amor mío, termino aquí mi carta con la esperanza de leerte muy pronto, tus cartas son para mí el mejor dopaje. Te mando también un abrazo desde lo más hondo de mi corazón.»

Un alcalde es abatido por una bala del FLN. Directa al corazón, en el interior de su coche.

Árabes linchados por las calles, tiendas saqueadas.

Llamas y tiroteos, la piel acribillada del país.

Lunes, 14 de enero: Bakri ha cumplido su condena. Chikhi se despide de él en árabe. Se abrazan. Fernand también lo estrecha en sus brazos, buena suerte, hermano, le dice el preso que dejará de serlo en unos minutos, ya verás como todo se arregla, te van a sacar de aquí. Fernand le sonríe. Se alegra por él, se alegra de veras. Le gustaría estar en su pellejo, por supuesto que le gustaría dejar atrás estos muros descoloridos y la muerte que le auguran, pero Bakri, querido Bakri, tu buen humor me ha ayudado a aguantar, me ha mantenido a flote. Abraza a tu familia de mi parte. Ten criaturas, Bakri, haz crecer en esta sucia tierra nuevos brotes que puedan enjugar toda esta sangre... El funcionario se lo lleva y él se da la vuelta una última vez, con su sonrisa de siempre, como un sol, e inclina la cabeza, luego la puerta, gris, como estas malditas paredes, adiós, Bakri.

Una hora más tarde entra el preso 5821.

Zamoun, se llama: en todo caso este es el nombre con el que se presenta a Fernand y a Chikhi. Al igual que ellos, lleva una guerrera de tela basta con las iniciales PCA (Prisión Civil de Argel) a la espalda, además de un pantalón del mismo tejido, marcado con una cruz amarilla. Tiene el rostro alargado, estrecho, y unos ojos minúsculos, dos oscuras cabezas de alfiler en el fondo de las cuencas. Tiene la frente despejada y es prognato, con unos dientes que parecen plantados a la buena de Dios, como las malas hierbas.

Bastaron doce segundos, en la noche del 8 al 9 de septiembre de 1954, para que Orléansville se derrumbara bajo las sacudidas de un seísmo.

Edificios derribados, techumbres arrancadas, fachadas destripadas, postes telegráficos obstaculizando las calles sembradas de cascotes, cuadernos escolares y cadáveres... Mil quinientos muertos en menos de nada, en un instante, en un pispás, en mitad de una noche que había transcurrido igual que las precedentes. Se cuenta, sin embargo, que las vacas y las palomas previeron el terremoto, haciendo gala de una presciencia singular. La iglesia abierta, despanzurrada, con la cruz caída, vaciado el vientre de sus entrañas de cristal y madera; el hotel Baudouin desplomado sobre sus huéspedes, los cráneos enterrados bajo los muros que unos minutos antes salvaguardaban su sueño; la cárcel reventada de un extremo a otro. Parecía un bombardeo a gran escala. Ni rastro de aviación, sin embargo: las alas habían hendido las profundidades de la tierra. Ruinas y escombros bajo el amanecer desconcertado, miles de viviendas asoladas. Un burro recostado contra un vehículo, un anciano aplastado bajo el polvo y las tejas, una joven arrollada por un árbol arrancado de raíz, bajo el que probablemente había tratado de protegerse...

Hélène y Fernand han venido a ayudar junto con muchos otros voluntarios, llegados de todo el país y de aún más lejos. La ciudad está prácticamente vacía; los supervivientes han huido en masa por miedo a un nuevo terremoto. Hace un calor espantoso. Hélène, que no ha acabado de aclimatarse al sol argelino, lo padece aún más. Tiene la piel húmeda, polvorienta, la ropa le incomoda, el sudor le cae por la espalda y le empapa las raíces de los cabellos. Farmacéuticos y médicos supervisan las labores de rescate; el ejército, los bomberos, la gendarmería y la policía han terminado hace unos días el «grueso» de tan siniestro trabajo: evacuar a los heridos, reunir los cuerpos, buscar a los desaparecidos entre los escombros. Hélène se afana junto con un grupo de voluntarias (argelinas musulmanas y europeas); Fernand distribuye medicamentos entre los habitantes que, traumatizados por lo que han visto o extenuados por las condiciones en las que se han visto obligados a vivir, hacen cola para obtener lo que necesitan ellos y sus allegados, en Orléansville y otras poblaciones asoladas de los alrededores. Hélène se pasa el día repartiendo lotes de alimentos y artículos de primera necesidad: lo que haga falta para resistir hasta encontrar un nuevo techo.

Como estaba previsto, Fernand había vuelto de Francia en enero. Repuesto. Se puso de inmediato a buscar un piso que pudiera alojar también a Hélène y Jean-Claude y acabó por encontrarlo, gracias a un amigo de su padre, en el número 73 de la rue des Coquelicots, en el barrio de su infancia. Dedicó todo su tiempo libre a «apañarlo», como le gustaba decirles a sus vecinos, al tiempo que les anunciaba la llegada, más o menos próxima y en todo caso segura, de una «gran sorpresa». Para Hélène el cambio sería brutal, eso lo sabía y le daba un poco de miedo. Al menos, su nido, su pequeña guarida, soñada y concebida por él como una especie de caparazón, por escasos que fueran sus medios, le permitiría hacerse al nuevo entorno y recobrar el aliento entre aquellas paredes frescas si el aire norteafricano la trastornaba más de lo que había imaginado. Pero cuando llegó, a principios de la primavera (al alba, en un viaje nocturno), Fernand comprobó que sus miedos eran infundados: Hélène se sintió enseguida muy a gusto en su nueva vida. Naturalmente, tuvo que contemporizar con los usos locales y las tiranteces de las dos culturas que empezaba a descubrir, la musulmana y la «europea». Comprendió que no podía fumar en público: a menos que quisiera pasar por una puta, una mujer no podía exhibirse así, con un cigarrillo en los labios, insolente, soltando sin ningún pudor bocanadas de humo (Fernand se avergonzaba de ello, pero acabó por admitir que en el fondo le importaban un poco los rumores y las miradas de los vecinos, que no paraban nunca de pegar la hebra e intercambiar chismes a la sombra de los patios, y Hélène objetaba que, pese a todo, su «reputación» le traía absolutamente al fresco cuando se trataba de sus opiniones políticas, mucho más disonantes que un simple pitillo encendido por la calle). A Hélène le gustaban los muros encalados de las casas y el mar allá abajo, como algo evidente; le gustaba la repostería que se comía en el barrio durante el Ramadán; le gustaban las callejuelas angostas y patituertas de la casba y sus pimientos, sus pescados, sus cítricos y sus cabezas de cordero cortadas; le gustaban los soportales del centro de Argel y la blanca distinción de la Grande Poste; le gustaban el puerto erizado de mástiles y sus muelles, bocados grises de Mediterráneo; le gustaba la palmera caída de su barrio, sobre la que los peatones se sentaban a charlar o a descansar; le gustaba el niño aquel cuyo nombre nunca llegó a saber y que un día, de camino al zapatero, se le acercó para pedirle la mano; le gustaba el sonido de aquella lengua desconocida, de ese árabe que le llegaba de las ventanas, los puestos del mercado y los cafés, desplegando sus amplios entramados en bocas sombrías; le gustaban las interferencias y las carambolas de una ciudad alzada entre dos mundos, con sus edificios haussmannianos, sus mezquitas moriscas y su extravagante yuxtaposición de colores y culturas.

No le gustaba, en cambio, la arrogancia cotidiana que intuía –o más bien constataba, pues no se escondía ni se esconde– en los europeos cuando trataban con los musulmanes (no tardó en descubrir la inventiva verbal que desarrollan los seres humanos para describir a quienes no admiten en su entorno: *moros, ratas, beduinos*). Se sorprendía aún, meses después de su llegada, de que nadie cediera su asiento en el trolebús a las mujeres musulmanas con niños a cuestas. Y tampoco le gustaba la omnipotencia de los hombres, de los árabes en particular, ni su dominio absoluto de los lugares públicos (era algo que no se discutía nunca, ni siquiera se mentaba, como si fuera normal o «natural» excluir –sin necesidad de pronunciar palabra, y tal vez por eso le resultaba aún más violento, pues era un hecho universalmente aceptado y asimilado– a las mujeres de los espacios de diálogo).

Fernand hubiera preferido que Hélène se quedara en casa y disfrutara del piso y de su nueva vida, pero ella se negó. No había ningún motivo para que no trabajara, y al poco de llegar se puso a buscar un empleo y encontró uno como mujer de la limpieza en casa de un ingeniero y su esposa. Jean-Claude llegó en verano, después de terminar el curso escolar en su colegio de Seine-et-Marne. El cambio

105

resultó más difícil para el joven de catorce años (que, por mucho que apreciara a su padrastro, seguía sin decidirse a tutearlo, para disgusto de Fernand). El muchacho echaba de menos a sus amigos. Y la tranquilidad de las calles.

Al principio, la familia de Hélène recibía con perplejidad sus noticias –la famosa «trata de blancas» que hacía estragos en los países árabes, según decían, tuvo en vilo a su madre durante algún tiempo–, pero no tardaron en hacerse a la idea y llegaron a apreciar lo que a sus ojos era una especie de aventura exótica, un leve escalofrío cargado de misterio. Suficiente para abastecer a los vecinos de anécdotas, no sin cierto orgullo.

Acabamos de enviarle una carta a Guy Mollet, dice Nordmann. En ella protestamos por la tortura a la que te sometieron. Tú también deberías presentar una denuncia. Es importante para el expediente. Voy a redactar un texto, bastará con que estampes tu firma, será más fácil, yo me encargo de hacértelo llegar. Fernand se lo agradece. Y aprueba la iniciativa, por supuesto. No sé si estás al corriente (Fernand no lo está, no), pero Djilali ha sido detenido. Mierda, dice el preso. ¿Y Jacqueline? También. Ella ha corroborado que no querías matar a nadie. A Djilali acaban de trasladarlo aquí, por cierto, aunque no sé en qué celda lo habrán encerrado. Puede que te cruces con él en el patio... Fernand le pregunta si lo torturaron. Me extrañaría mucho que se hubiera librado, esos bestias se ensañan con todo lo que pillan. Fernand le cuenta que el capellán de la cárcel viene a verle regularmente y que disfruta charlando con él. El que en el cielo creía y el que no creía en él, murmura Nordmann. ¿Cómo? Son unos versos de un poema de Aragon. No lo he leído. Deberías, es buenísimo. A Aragon lo conocí durante la Ocupación. Yo llevaba unos papeles ocultos en los calzoncillos, enrollados en la costura, y tenía que entregárselos en mano. Fue en Niza, en una casita del casco viejo. Llamé al timbre y me abrió Elsa, su mujer. Y allí estaba él, Aragon en persona. Tenía una mirada luminosa. Llevaba varios meses sin noticias del Partido. Fernand, educado, lo interrumpe para preguntarle qué había en aquellos papeles. Testimonios sobre la ejecución de rehenes...

En el estudio de su abuela, Jean-Claude franquea el sobre que contiene la carta que se dispone a enviarle a René Coty, al palacio del Elíseo, en la que le ruega que salve a su padrastro. En el sello azul, un hombre del que no sabe absolutamente nada: bigote y quepis, mirando al infinito. El mariscal Franchet d'Espèrey, nacido el 25 de mayo de 1856 en Mostaganem, dice. Es probable que el presidente sí conozca a este individuo, piensa Jean-Claude. Y, si está en un sello, puede que sea un gran hombre y eso le dé más seriedad a su petición...

Hace dos semanas que llegó Zamoun y ya lo están trasladando de celda. Lo reemplaza de inmediato el preso 400. Mohamed ben Hamadi el Aziz –llamadme Abdelaziz, dice mientras estrecha con fuerza las manos de sus dos compañeros de celda– es un iraquí venido a Argelia para luchar codo a codo con el Frente. Acaba de ser capturado, después de caer herido en combate con un disparo en la ingle. El tribunal militar lo ha condenado a muerte. Lo anuncia con ligereza, casi sereno, en voz baja. Además de ser un hombre apuesto, Abdelaziz tiene presencia. Un no sé qué de príncipe, de caballero oscuro. Con unos ojos penetrantes, dos gemas de ágata negra bajo unos párpados saltones, pintados al carboncillo. El pelo corto le empieza a encanecer sobre la frente alta, tiene una nariz larga, aguileña pero armoniosa, y una barba fina que le cincela aún más el contorno seco de las facciones. El hombre tiene amor propio, eso se nota, y cuida de su aspecto, en la medida en que la situación lo permite. A veces aprieta los labios (el inferior es mucho más pronunciado) al terminar una frase, es una especie de manía. Palpa el colchón. Se quita los zapatos con la espalda recta. Se masajea la nuca, como si se dispusiera a hacer un calentamiento. Fernand lo mira con el rabillo del ojo. Algo extraño emana de este hombre, tiene un aura, esa es la palabra: no es simpatía, pues no inspira demasiada; tampoco es miedo, eso lo rechazaría. Es algo mucho más incómodo, que se hurta a la mirada y que no hay por dónde coger, como el serrín se escurre entre los dedos. El hombre es endemoniadamente inteligente, se le ve en la cara, que atestigua también, en los ojos mismos y el contorno de la boca, la lucha constante entre el encanto y la dureza, la dulzura y la crueldad.

El azul exangüe de la noche. Ni una nube, ni una estrella, ni una vibración: una masa inmóvil tendida sobre la ciudad. Abdelaziz, intrigado, le pregunta a Fernand –que está leyendo *Los miserables*, un regalo del capellán– si también pertenece al Frente, de forma oficial. Los tres presos están sentados en sus respectivos jergones. Fernand le cuenta que al principio era militante del Partido Comunista Argelino, que dio cabida a la sección de Combatientes de la Liberación, los CDL. La insurrección del FLN, a finales del 54, había sembrado el caos en el Partido, los militantes estaban divididos y los dirigentes no sabían ya a qué carta quedarse. ¿Era una auténtica revolución o solo la obra de unos agitadores inconscientes que, con su radicalismo excesivo, iban a hacerle el juego al poder colonial? Fernand estaba harto de tanto debate interminable, de tanta prórroga: Argelia estaba en guerra, había que abrir los ojos, afrontar la realidad y dejar de temer el enfrentamiento. Pero insistían en que había que esperar y, sobre todo, respetar el marco de la legalidad. Abdelaziz escucha, con los ojos entornados como las aspilleras de una fortaleza. Fernand le cuenta que él quería pasar a la acción junto con sus camaradas y echarles una mano firme a los independentistas, pero los dirigentes seguían guardando silencio... Y entonces perdí a un íntimo amigo, a un hermano, un francés, un soldado que había desertado para unirse a la guerrilla con material militar del ejército francés... Lo abatieron a tiros... Eso me llevó a implicarme aún más. El FLN convocó una huelga general y yo participé, porque soy obrero de profesión, pero el Partido seguía en sus trece, sin saber qué hacer: estaba a favor de la independencia, pero no de la lucha armada... Pero, en ese contexto, ¿por qué otra vía se podía lograr? Finalmente se llegó a un acuerdo entre el Partido y el FLN: los militantes comunistas podían unirse al FLN, es decir, a la lucha armada, pero solo a título personal, individual. Y eso es lo que hice, junto con unos cuantos camaradas. Pero teníamos que demostrar nuestra valía antes de recibir las armas, así que me junté con un tipo (era Fabien, pero eso Fernand se lo calla) y se nos ocurrió prender fuego a unos vagones en el puerto, después del toque de queda. Esto no lo sabe nadie, ni siquiera mi mujer, así que confío en vuestra discreción (Fernand siente que puede confiar en ellos, Chikhi lleva entre los dientes una lengua cuyo uso desconoce y Abdelaziz no ha venido de Irak para delatar a un compañero de celda): teníamos cuatro bidones de gasolina, pero al llegar al puerto vimos los blindados... ¡No estábamos preparados! Así que dimos media vuelta. No estábamos de acuerdo con ciertos métodos del FLN, pero nos hallábamos bajo sus órdenes. No queríamos matar a ningún civil, eso quedaba descartado de antemano. Se puede matar en una guerra, pero allí uno mata a soldados o a terroristas, no a inocentes. Esto tampoco lo sabe mi mujer: teníamos localizado a un tipo, miembro de una organización colonialista armada, un zumbado, un auténtico animal. A mí me parecía bien cargármelo si era necesario, pero al final la operación se fue al traste. En lugar de eso, un camarada (Fernand omite esta vez el nombre de Hachelaf) liquidó a un oficial, un paraca. Y, bueno, también sé de dónde salen las bombas que pusieron en los cafés, puedo llegar a entenderlo, no es algo gratuito, basta con conocer las masacres del ejército, pero aun así no creo que matándonos unos a otros vayamos a llegar a ninguna parte. Abdelaziz, que no había pronunciado palabra, replica que cuando un piloto bombardea un pueblo tampoco le preocupan los niños que pueda haber en el interior de las casas: ojo por ojo, Abdelaziz raja como la cuchilla que no lleva encima, y esos hijos de puercos se quedarán en su sitio.

Sí, lo sé, lo sé, continúa Fernand, helado por el odio impasible de su interlocutor, pero eso no significa que haya que responder del mismo modo... Así que propuse poner una bomba en la planta donde trabajo. Un líder del FLN, Yacef, supongo que lo conoces, pensó enseguida en volarla entera, en plan Hiroshima, pero yo le dije que no quería matar a una sola persona, solo meter miedo a los colonialistas y volar de paso un par de equipos. Y aquí estoy... ¿La bomba no mató a nadie?, pregunta el iraquí. Ni siquiera explotó. Me pillaron con las manos en la masa, por así decirlo. ¿Y por eso te han condenado a muerte? Sí. Abdelaziz hace una larga pausa antes de responder: tú eres francés, te perdonarán la vida, no te preocupes. No, le corta Fernand, yo soy argelino. Y Chikhi remata: lo es mucho más que tú, Abdelaziz.

Smadja y Laînné entran en la celda. Vienen a anunciarle a su cliente que irán a París a entrevistarse con el presidente Coty. Laînné se muestra confiado; no hay nada en el expediente que impida rechazar el indulto. Smadja no le contradice, pero Fernand percibe su apuro y su cautela. Laînné se vuelve hacia su colega. ¿No es así, Albert? Smadja asiente. ¿Y Nordmann también va?, pregunta Fernand. Sí, claro, estaremos los tres con el presidente... ¡Más le vale escucharnos! Smadja les pregunta a los presos si están al tanto de los últimos acontecimientos; Abdelaziz responde por los tres en sentido negativo. El FLN ha decretado una huelga general en todo Argel para alertar a la ONU y presionar al gobierno durante la próxima sesión de la Asamblea General. Hay polis y militares por todas partes, es un festival de boinas rojas y boinas verdes. La casba está desierta... Si los árabes se niegan a abrir sus comercios, los paracas lo destrozan todo. Les obligan a reanudar su trabajo, los encierran en estadios, es un infierno.

Fabien ha sido trasladado a Barbarroja.

Acaba de cruzarse con Fernand de camino al locutorio. Ánimo, ha alcanzado a decirle Fernand al pasar a su lado. Los dos han pensado lo mismo: cuánto han cambiado desde la última vez. La jeta demacrada, el cuerpo chupado de sus carnes, ojeras, la mirada apagada. Dos espectros en las tripas de Barbarroja. El Estado tiene la boca llena de pulgas. De vuelta en su celda, Fernand se pregunta si Fabien le guardará rencor. Por supuesto, sabe que su camarada lo delató bajo las descargas eléctricas. ¿Habrá sido él más valiente? Eso espera, en cualquier caso.

Hélène...

Un nombre como un prurito. Una llaga en el paladar que tiene bien presente en todo momento.

Piensa en ella todos los días, no puede evitarlo. No deja de recoger los pedazos dispersos de su historia, como si hubiera que ordenarla para darle un sentido, aquí, entre estos muros, en esta mierda inmunda y gris, con la bombilla en el techo, las camas manchadas por otros presos y las letrinas compartidas entre los tres, como si así pudiera darle una dirección, un contorno firme, grueso, trazado con tiza o al carbón. Tres años y medio juntos. El uno junto al otro, el uno por y para el otro. Fernand reúne los pedazos que su memoria le va restituyendo, con mayor o menor resistencia, para formar entre tanta incertidumbre un bloque macizo, una piedra sillar de puro amor con la que reventar los huesos y las mandíbulas de sus verdugos.

Hélène.

Su pelo rubio, que a su llegada tenía al barrio maravillado: todo el mundo le aseguraba, con razón, que el sol argelino no tardaría en oscurecérselo. Sus pies, que a ella antes le gustaban, según decía, pero que con el paso del tiempo empezaban a desagradarle. Sus glúteos, dibujados bajo las bragas azules en pliegues preñados de promesas. La gente la tomaba por la hermana mayor de Jean-Claude, pues para ella el tiempo pasaba sin dejar huella (al contrario que para Fernand, que siempre había parecido mayor de lo que era). Su boda, el 25 de julio de 1955, un martes, en el Ayuntamiento de Argel. Pasaron luego parte de la noche con Jean-Claude, bailando en una discoteca que había cerca del hipódromo. Sus «escapadas dominicales», como a Hélène le gustaba llamarlas, a Cherchell, cerca de Tipaza. La canción «Le temps perdu», con la que Mathé Altéry había representado a Francia en Eurovisión unos meses antes, con esa voz de soprano que a Hélène le gustaba escuchar una y otra vez...

«Para ti, amor mío», escribe Fernand al pie de la carta que acaba de terminar.

Más que sostenerlo, Hélène tiene que llevar en brazos a Fernand, que a duras penas se tiene derecho. Acaba de enterarse de la muerte de Henri. Por la prensa, como todo el mundo. Como tantos desconocidos para los que ese nombre y ese apellido, Maillot, no significan nada, nada salvo un muerto más, una frase olvidada de inmediato, unos cuantos caracteres de imprenta, polvo al polvo. Los más enterados celebran ya la muerte del «traidor»; los demás tratan de «entender qué pudo haber pasado», claro, y eso que «era un hombre tan amable». Hélène parece más afectada por la reacción del hombre al que ama que por la desaparición de alguien a quien, a fin de cuentas, apenas conocía: es la primera vez que ve a Fernand así, presa de espasmos, llorando a lágrima viva, incapaz de encontrar las palabras con las que darle forma a eso que sus ojos balbucen. Ella no dice nada, pero entiende perfectamente lo que pudo llevar a Henri a hacer lo que hizo; ella misma se lo había dicho a Fernand poco después de descubrir Argelia: cuando los franceses se hartaron de los alemanes, se pasaron a la clandestinidad y listo. Tanto lo entendía que el año pasado se había avenido a hospedar en su casa a varios hombres de los que no sabía nada, salvo que la policía o el ejército andaba buscándolos...

Cuando conoció a Henri, a Hélène le chocó el abismo que mediaba entre los dos amigos: la energía del uno le tendía la mano a la calma del otro, la espontaneidad del obrero subrayaba la reserva del contable. Quienes lo encontraban frío no sabían nada del fuego que ardía en su interior, de esas fuerzas calladas, subterráneas, un hervidero tanto más temible cuanto que no se abría al exterior; Henri amaba a una mujer árabe, Baya, y era un amor correspondido. A ella la habían casado a la fuerza con un primo a los catorce años y había sido madre un año más tarde; a los veinte había logrado separarse de su marido y desde entonces hacía lo que le venía en gana, con la cabeza liberada del velo y atiborrada de lecturas comunistas. Henri trabajaba para *Alger Républicain* y Fernand sabía que era muy apreciado entre sus compañeros, por su seriedad y eficacia; siempre acababa sus artículos antes de que se los pidieran.

Se afeitaba cuidadosamente y llevaba el pelo rizado bastante corto sobre una gran frente abombada. Tenía una mirada delicada, casi femenina. Sus ojos eran vivos, intensos; miraba fijamente a su interlocutor sin traicionar jamás los pensamientos que le pasaban por la cabeza. Tenía una nariz larga, prominente y seca, como los huesos faciales. Henri seducía a las mujeres sin darse cuenta; su calma no era quietud, sino una especie de pureza, la de los lagos de alta montaña. Su compostura era pura apariencia; por eso sus enfados, infrecuentes, tenían un punto de furia. Como el día en que le contó a Abdelhamid, un amigo periodista, que en Constantina un capitán de paracaidistas le había metido el revólver en la boca a un bebé argelino, después de limpiar el cañón con un pañuelo, y luego ha-

115

bía apretado el gatillo. Henri se puso a gritar, bramó que había que matar a todos los paracaidistas, uno por uno, que había que mandar el sistema entero al carajo. Lo que había visto, todos aquellos cuerpos árabes en descomposición, flotando en el río Rummel, no lo olvidaría jamás. Abdelhamid le escuchó en silencio aquel día.

A finales de 1955, Henri fue incorporado con el rango de cadete a un batallón del ejército francés y al cabo de unos meses le encomendaron un transporte de armas de Miliana a Argel; apuntó con la suya al conductor del camión –que llevaba ciento cuarenta armas cortas, granadas, cargadores, y ciento treinta y dos metralletas– y en mitad de un bosque de pinos y eucaliptos le obligó a cambiar de rumbo para encontrarse con sus camaradas comunistas, previamente advertidos de la operación. Cloroformizaron al conductor y robaron todo el cargamento. Antes de partir había insistido en darle un abrazo a su hermana, a la que no le reveló sus planes, por descontado. Su deserción conmocionó a Argelia y también a Francia, y fue condenado a muerte; su círculo formó una guerrilla que combatió al ejército francés sin unirse a las filas del FLN. Los independentistas no tardaron en ser acorralados por el ejército y Henri fue apresado vivo por soldados del batallón 504; después de molerlo a palos le dijeron que podía marcharse. No se creyó una palabra, pero aun así se alejó, reculando, y gritó «¡Viva el Partido Comunista Argelino!» antes de ser acribillado a tiros.

Su cadáver fue llevado a la ciudad sobre el capó de un vehículo blindado, con el pelo teñido de alheña y documentos falsos en los bolsillos. El trofeo de los grandes vencedores.

La Civilización saca ahora pecho, blandiendo vergas y banderas.

Marianne vende su noche tricolor: un ardite por una quimera.

«Yo no soy musulmán», había escrito poco antes, «soy de origen europeo, pero soy argelino y Argelia es mi patria. Para con ella creo tener los mismos deberes que cualquier otro hijo suyo. Ahora que el pueblo argelino se ha alzado para librar su suelo nacional del yugo colonialista, mi lugar está junto a los que luchan por la libertad. La prensa colonialista clama contra los traidores, mientras publica y hace suyos los llamamientos separatistas de Boyer-Banse. También clamaba contra los traidores desde el gobierno de Vichy cuando los oficiales franceses se pasaban a la Resistencia, porque la prensa servía entonces a Hitler y al fascismo. En realidad, quienes traicionan a Francia son aquellos que, sirviendo a sus propios intereses, deforman a ojos de los argelinos el verdadero rostro de Francia y de su pueblo de tradiciones generosas, revolucionarias y anticoloniales. Además, los progresistas de Francia y del mundo entero reconocen la legitimidad y la justicia de nuestras reivindicaciones nacionales. El pueblo argelino, despreciado y humillado durante tanto tiempo, ha ocupado resueltamente su lugar en el gran movimiento histórico de liberación de los pueblos coloniales que ha prendido en África y Asia. Su victoria es segura. Y no se trata aquí de una lucha racial, como les gustaría hacernos creer a las grandes fortunas del país, sino de la lucha que libran los oprimidos, sin distinción de procedencia, contra los opresores y sus secuaces, sin distinción de raza. No es tampoco un movimiento dirigido contra Francia y los franceses, ni contra los trabajadores de origen europeo o judío. Para todos ellos hay sitio en nuestro país. Nadie los confunde con los auténticos opresores de nuestro pueblo. Con mi gesto, con la entrega a los combatientes argelinos de las armas que necesitan en su lucha por la libertad, armas que se usarán exclusivamente contra las fuerzas militares y policiales y sus colaboradores, soy consciente de haber servido a los intereses de mi país y de mi pueblo, incluidos los trabajadores europeos momentáneamente engañados.»

Fernand recobra el aliento.

Hélène le enjuga las lágrimas de una mejilla con la palma de la mano. Podría lamerle el rostro hasta que dejara de llorar de esta manera, un títere hermoso con los hilos cortados de dolor.

Hay que pasar a la acción, susurra al final. Hacer algo. Que no haya muerto en vano.

René Coty viste un traje oscuro de raya diplomática. Un mechón aplastado a la izquierda, las orejas desmesuradas y un mendrugo de pan por nariz. Nordmann, Smadja y Laînné han tomado asiento en las tres sillas dispuestas frente a su escritorio elíseo. El presidente de la República se muestra sonriente. Benévolo, incluso. Después de escuchar a los tres abogados, que exponen las graves irregularidades que querían subrayar (el clima de histeria colectiva que reina en Argelia, la ausencia de instrucción preliminar y de preparación de la defensa, las torturas a las que se sometió a su cliente, la brutalidad de la prensa), Coty les asegura que conoce el caso a fondo y que también considera que la pena no se ajusta a la gravedad del delito. De hecho, ve en todo ello cierta nobleza y, pese a estar en desacuerdo con el acto de Iveton, es capaz de reconocer el valor de sus intenciones y la generosidad de sus motivos. Pero todo esto me recuerda a una historia, prosigue: en 1917 yo era un joven oficial, andaría por los treinta y cinco años, y vi con mis propios ojos el fusilamiento de dos jóvenes soldados franceses. Y cuando conducían a uno de ellos al paredón, el general le dijo, me acuerdo perfecta-

119

mente: también tú, muchacho, también tú vas a morir por Francia. Concluida la anécdota, guarda silencio. Smadja entiende lo que no ha dicho, o eso le parece, y lo interpreta así: al evocar a aquel pobre soldado, Coty piensa en Fernand Iveton, que también va a morir por Francia... Coty pasa entonces a explicarles que las peticiones de indulto recibidas desde Argelia son mucho menos numerosas que los llamamientos a llevar a término la ejecución. Y hay que pensar en el orden público, añade. Nordmann interviene: con el debido respeto, señor presidente, ese argumento no se sostiene; guillotinar a Iveton satisfará en efecto el espíritu de represalia ciega de algunos, pero créame, créanos, no tendrá el menor efecto intimidatorio para la población árabe, que proseguirá la lucha con los medios a su alcance, eso no lo dude, señor presidente. Nordmann continúa, con voz clara y resuelta: cuando era jefe de gabinete del Ministerio de Justicia, en la época de la liberación de París, yo mismo redacté e hice fijar carteles para pedirle a la población que se abstuviera de toda ejecución sumaria; la violencia ciega no resuelve nada, nada en absoluto. Coty escucha atentamente, con un cuadernillo de cuero delante, en el que toma notas de vez en cuando. Permítame que le cuente una anécdota: nuestro cliente fue insultado por uno de los funcionarios de la cárcel, y ¿sabe lo que le respondió? «¡Imbécil, si es por ti que estoy aquí!» Sí, tome buena nota, señor presidente, nuestro cliente sabe que lucha por algo más que su propia vida, lucha por su país, porque lo quiere libre, feliz, quiere un país que pueda garantizar a cada uno de sus ciudadanos, musulmanes o europeos, la libertad de pensamiento y la igualdad, nuestro cliente no quiere otra cosa. Smadja saca de su cartera marrón una carta, firmada por Hélène y dirigida a René Coty. Este la coge, promete leerla de inmediato y la coloca a su derecha, sobre el grueso dosier «Fernand Iveton». Y Laînné insiste: hay que escuchar el testimonio de su cliente, sobre todo en lo relativo a las torturas que ha sufrido. El presidente le da la razón: en efecto, es indigno que la policía o el ejército de la República hayan podido hacer algo así, si se confirman los hechos. La entrevista ha durado una hora y media. Los cuatro hombres se saludan y Coty los acompaña a la puerta de su despacho.

¿Qué conclusión sacar? Los abogados no están muy seguros. Smadja es el más categórico: no piensa indultarlo, la anécdota del oficial lo corrobora. ¿Tú crees? Sí, estoy seguro, pondría la mano en el fuego. Mañana, miércoles 6 de febrero, el Consejo Superior de la Magistratura examinará nuevamente el caso.

Fernand ha recibido por carta certificada el acta de la reunión, redactada por Nordmann. Responde a vuelta de correo: «Sé que puedo confiar en el pueblo de Francia; quiero transmitirle mis saludos fraternales, así como mi agradecimiento y mi esperanza de poder agradecérselo en persona algún día no muy lejano. Después de leer el relato de la entrevista con el presidente de la República que me expones en tu carta, creo que tenemos muchas posibilidades. Así que, de todo corazón y con la convicción de que volveremos a encontrarnos como hombres libres, gracias.»

Sábado. Chikhi es libre. Ha cumplido su condena. Le estrecha la mano a Abdelaziz antes de llevarse la mano al corazón, luego abraza a Fernand en silencio. No digas nada, hermano, le susurra, Dios sabrá lo que has hecho por nuestro país. Sus cosas las recogió la víspera. El funcionario espera a que salga y cierra la puerta tras él. Cuatro o cinco horas más tarde, vuelve a abrirse y entra un joven árabe que no tendrá ni veinte años. Achouar. Un CAM, también. Fue detenido en Tighremt, durante un combate contra el ejército francés, y reclama la condición de prisionero de guerra. Cuando lo detuvieron, sostenía una escopeta de caza aún caliente. Tiene el rostro amable, casi infantil. Fernand le pregunta enseguida si sabe algo más de la muerte de Henri Maillot el pasado mes de junio, hace ocho meses. No, nada. Ha oído hablar de él, como todo el mundo, del francés que se unió a los combatientes argelinos, pero nada más.

Pasan buena parte de la noche charlando.

Las diez de la mañana. La hora del paseo. Fernand sigue al funcionario, como todos los días, esposado, como cada uno de los días de los tres meses que lleva en la cárcel. El patio de los CAM es más pequeño que el de los demás presos. Fernand da vueltas y más vueltas, arrastrando las suelas de los zapatos por el cemento gris. Varios hombres lo observan. Unos cuantos rostros, conocidos algunos, se esbozan a rayas tras los barrotes; Fernand les manda un saludo con las manos encadenadas. Vuelve a su celda. Abdelaziz hace abdominales y Achouar se está limpiando meticulosamente los zapatos con papel higiénico. Nada más entrar, en cuanto se sienta para retomar *Los miserables* en la página donde lo había dejado, llegan de visita Laînné y Smadja. Fernand se alegra de verlos, no se lo oculta y les cuenta que ha recibido noticias de Nordmann y que aún se atreve a pensar que el indulto es posible. Coty sabrá tomar la decisión correcta, ¿verdad que sí? Smadja disimula como bien puede su absoluta falta de esperanza; trata de sonreír, pero le sale una mueca forzada: el rostro traiciona siempre a quien cree engañarlo. Laînné quiere mostrarse más alentador y sacude su cabeza de rumiante: el presidente no se ha pronunciado, ni en un sentido ni en otro, pero esperemos que lo haga, crucemos los dedos a la espera del veredicto. Que es inminente, por cierto. Llegará de un día a otro. Ninguno de los tres abogados le ha hablado de la anécdota que les refirió Coty sobre el soldado fusilado por Francia... A la hora de comer, se retiran. Dadle un abrazo de mi parte a Hélène si os la encontráis antes de que vuelva al locutorio, les dice Fernand, levantándose para despedirlos.

La comida está tibia hoy. Pasta con ternera, como todos los domingos. El fondo de la salsa es opaco, de un color incierto. Fernand engulle su almuerzo deprisa, impaciente por retomar la lectura. «Jean Valjean no había muerto. Cuando cayó al mar, o mejor dicho, cuando se tiró, iba sin cadenas, como hemos visto. Nadó entre dos aguas hasta llegar a un buque anclado, al que estaba amarrado un bote.» Dos bombas desgarran la tarde. Han estallado en los estadios argelinos de El-Biar y de Ruisseau dejando diez muertos, una treintena de heridos, sangre por todas partes, gente mutilada. Dos transeúntes anónimos, que tienen la mala suerte de ser árabes, mueren linchados por una multitud encolerizada. La noche cae sobre la ciudad, como un grueso manto de silencio y de duelo. Jean Valjean vela el sueño de Cosette, la alimenta, la protege y le enseña a leer. Desde que ama a Cosette, ve el mundo y a los hombres con otros ojos. Fernand les da las buenas noches a sus dos compañeros. Sus ojos fatigados apenas logran seguir las líneas, temblorosas y blandas, pero quiere seguir leyendo. Un poco más. Dos o tres páginas. «Jean Valjean no sabía adónde iba, no más que Cosette. Se encomendaba a Dios, igual que la niña se encomendaba a él. Le parecía que a él también lo llevaba de la mano alguien más grande; creía notar la presencia de un ser que lo guiaba, invisible.» Los párpados han dejado de obedecerle. Deja el libro, tras marcar la página con un cupón del economato, y se vuelve de costado, en posición fetal, porque nunca ha sabido dormirse boca arriba y siempre se ha preguntado cómo puede conciliar el sueño con la espalda contra el colchón y los ojos apuntando al techo. Se duerme en unos minutos, sin darse ni cuenta. Y de pronto un ruido, una luz. La locución adverbial enmascara en realidad la confusión que se adueña de Fernand: abre los ojos, no sabe dónde está, ni qué hora es, ni qué será ese ruido, si estará soñando o qué, vuelve la cabeza, pero qué hora es, estaba dormido, funcionarios, funcionarios, mierda, ¿qué es ese ruido? Funcionarios, en efecto, encima de él, a contraluz de la bombilla blanca. Le piden que se levante enseguida. Fernand no entiende nada. Abdelaziz se ha inmediatamente; frunce el ceño; él sí que lo entiende todo. Por aquí, Iveton, se te ha denegado el indulto. Levántate ahora mismo. Fernand obedece. Aturdido. Desconcertado. Con el cerebro cargado aún de sueño. Está en calzoncillos y pide permiso para ponerse el pantalón: uno de los funcionarios se lo niega con frialdad. Le empujan. Al llegar al umbral, se da la vuelta y mira a Achouar y Abdelaziz. El primero parece perdido, azorado, más aún tal vez que el propio Fernand; el segundo está serio, rígido, como una estatua antigua. Sus ojos negros disipan de golpe los vapores del sueño. Sus ojos negros, dos flechas exentas de duda, obligan al condenado a abrir los suyos: esta vez va en serio. Hermanos... comienza a decir Fernand, pero enseguida le tapan la boca con una mano y tiran de él hacia atrás. Aterrado, Achouar pregunta qué sucede; Abdelaziz no responde. Tumbado en el catre, mira al techo. Fernand cruza el pasillo. El alba se agita ya, sacudiéndose sus envolturas amarillentas. Van a dar las cinco. Los faros, allí fuera, el ruido de la verja, los coches... Los presos de Barbarroja intuyen que algo raro está pasando. A medida que avanza, Fernand va atando los cabos sueltos, las piezas

124

dispersas. Coty, Mitterrand y el resto le han denegado el indulto, van a cortarle la cabeza. Piensa en Hélène. En Henri. Aguantar a pie firme, igual que ellos. ¡Tahia El Djazair!,[1] grita por los pasillos. Una primera vez. Grita para no echarse a llorar o derrumbarse. ¡Tahia El Djazair! Una segunda vez. Un funcionario le espeta que cierre el pico y alza la porra a la altura del cinto. Le responden varias voces, voces que ya lo han entendido todo. Lo conducen al registro de la cárcel. Gritos en árabe, cánticos y consignas se oyen por todas partes, sin revelar su procedencia. Resuenan detrás, lejanos a veces, para ir a dar contra su cabeza gacha. La cárcel saca pecho. A Fernand le zumban las sienes. ¡Tahia El Djazair! ¡Tahia El Djazair! Los carceleros parecen haber sucumbido a una especie de vértigo, si no al pánico: los presos, pese a estar encerrados, se les escapan, sus esperanzas se llevan los barrotes de las puertas. No hay corazón que el Estado pueda someter. Los sueños corroen su razón como el ácido. El encargado del registro le pregunta a Fernand si tiene algo que declarar antes de dar comienzo al procedimiento. Fernand responde que le gustaría llevar pantalones. Y luego le dice al valiente funcionario, para que tome nota: «La vida de un hombre, la mía, no cuenta mucho. Lo que cuenta es Argelia, el futuro del país. Y mañana Argelia será libre. Estoy convencido de que renacerá la amistad entre los franceses y los argelinos». Nada más. El funcionario le da las gracias. Le dan unos pantalones y unas zapatillas de lona. Mientras Fernand se viste, entran en el registro dos árabes, escoltados por varios funcionarios. Son Mohamed Lakhnèche, alias Ali Chaflala, y Mohamed Ouenouri, alias P'tit Maroc. Fernand comprende que los van a ejecutar a los tres a

1. «¡Viva Argelia!» *(N. del T.)*

la vez. Los presos golpean las paredes de las celdas con sus escudillas y sus cucharas de metal. Los pulmones de la cárcel se inflan, inspirando y espirando. En las calles de los alrededores, las mujeres gritan ahora desde las ventanas para mostrar su apoyo a los combatientes. *Sagarits*, cantos patrióticos, lelilíes. ينادينا للاستقلال، لاستقلال وطننا. Los tres condenados salen al patio. تضحيتنا للوطن خير من الحياة. La guillotina se alza orgullosa sobre el cemento. La cuchilla oblicua, infame, y el agujero, el agujero circular, perfectamente circular. أضحّي بحياتي ومالي عليك. Los *sagarits* inundan el espacio, lo desbordan, lo saturan. Smadja, Laînné y el capellán Declercq han querido asistir a la ejecución. Están ahí esperando. Fernand se sorprende de verlos: no sabe que sus abogados recibieron la noticia por teléfono la víspera, por la tarde. No hace frío; la temperatura es agradable, incluso. يا بلادي يا بلادي، أنا لا أهوى سواك. Son las cinco. Laînné abraza a Fernand, valor, le susurra, ha sido cosa de la opinión pública... Eres francés y pusiste una bomba, para ellos eso es imperdonable: mueres por culpa de la opinión pública... Fernand tiene el vientre como lacerado, arañado, perforado por miles de perdigones. هواك قد سلا الدنيا فؤادي وتفانى في. Fernand repite, tres veces, la opinión pública, la opinión pública, la opinión pública. Le cuesta respirar. La casba tira del cielo, los gritos y los *sagarits* se enlazan en un hilo ininterrumpido. Lo conducen hasta el verdugo, que va encapuchado. Fernand no sabe que ese hombre enmascarado, al que conocen como «el señor de Argel», se llama también Fernand. Al verdugo, al oír el nombre del reo en boca del capellán, poco le falta para sobresaltarse. Como si, después de cortar tantas cabezas con mano profesionalísima, la muerte hubiera tomado cuerpo al fin, por medio de un nombre de pila que lo devuelve brutalmente a su común humanidad. Decler-

cq le pregunta si necesita el auxilio de la religión; Fernand
lo mira, trata de sonreír, en vano, y responde que no... no...
librepensador... لــك في التاريــخ ركن مشــرق فــوق الســماك. Los
funcionarios le atan las manos a la espalda. Voy a morir,
murmura, pero Argelia será independiente... Fernand va
el primero: la tradición manda que el condenado menos
«culpable» encabece la marcha, para que no deba asistir a
la ejecución de los demás. Los dos abogados se marchan
por uno de los corredores que van a dar al patio. Laînné se
arrodilla, la cabeza gacha, las manos unidas tendidas hacia
su Señor. Smadja, de pie, solloza con la cabeza contra la
pared. No quieren, no pueden verlo. Son las cinco y diez
de la mañana cuando la cabeza del preso número 6101,
Fernand Iveton, de treinta años,

Hélène dobla la carta en dos. Luego en cuatro. Anónima. Tan solo una posdata al pie, que le informa de que la autora del poema en memoria de Fernand es una europea de Argelia, una independentista condenada a cinco años de prisión.

Y luego cantó el gallo
esta mañana tuvieron la osadía,
la osadía de asesinarte.

Que vivan nuestro ideal
y vuestras sangres mestizas
en nuestros cuerpos robustecidos
para que mañana ya no tengan la osadía,
la osadía de asesinarnos.

Fernand Iveton, guillotinado el 11 de febrero de 1957, fue el único europeo ejecutado por el Estado francés durante la guerra de Argelia. Al informar sobre su muerte, France-Soir *lo calificó de* «asesino» *y* Paris-Presse, *de* «terrorista».

Dos días después de su decapitación, Albert Smadja fue detenido y trasladado al campo de Lodi con el fin de «silenciar a quienes pudieran denunciar la represión, entrar en contacto con los militantes detenidos, prestar apoyo a sus familias y allegados, y obstaculizar la acusación durante los juicios».[1] *No fue liberado hasta finales de 1958, casi dos años después. Ese mismo año, en marzo, Sartre publicó en* Les Temps Modernes *un texto en memoria de Iveton.*[2]

En su libro Albert Camus, entre les lignes,[3] *André Abbou reveló que en su momento el novelista trató de «interce-*

1. Véase Nathalie Funès, *Le Camp de Lodi*, París, Stock, 2012.
2. «Nous sommes tous des assassins», *Les Temps Modernes*, n.º 145.
3. París, Séguier, 2009.

der» para salvar a Iveton.[1] *El matrimonio Guerroudj sería indultado por De Gaulle; Jacqueline murió en Argel a los noventa y cinco años (pocas semanas antes de que empezara a escribir este libro). Hélène Iveton y el padre de Fernand no tardaron en marcharse de Argelia; ella murió el domingo 10 de mayo de 1998, en Arcueil. Joë Nordmann relató el caso de Iveton en sus memorias,* Aux vents de l'histoire.[2]

Según afirma Roland Dumas en Coups et blessures,[3] *François Mitterrand insistió en abolir la pena de muerte para «redimirse», en cuanto llegó al poder, de todas las decisiones que había tomado durante la guerra de Argelia, incluida la ejecución de Iveton.*

Estas páginas no hubieran podido escribirse sin la paciente labor de investigación de Jean-Luc Einaudi. Aunque ya no esté con nosotros, quiero atestiguar aquí mi gratitud hacia él. Durante sus pesquisas, como explicaría más tarde, se topó una y otra vez con «el silencio del Estado».[4]

1. «Pero es demasiado tarde y solo nos queda arrepentirnos u olvidar. El individuo olvida, por descontado. La sociedad, no obstante, se resiente más. Decían los griegos que el delito impune infectaba la ciudad.» Albert Camus, a propósito de Iveton, en sus *Reflexiones sobre la guillotina* (1957).
2. Arlés, Actes Sud, 1999.
3. París, Le Cherche-Midi, 2011.
4. Véase *Pour l'exemple, l'affaire Fernand Iveton*, París, L'Harmattan, 1986.